せきれいの詩《うた》

村木嵐
Ran Muraki

幻冬舎

せきれいの詩《うた》

装丁　フィールドワーク（田中和枝）
装画　小原古邨「蓮の葉にセキレイ」
Photo © Gift of Mr. and Mrs. Peter P.Pessutti/
Bridgeman/amanaimages

目次

第一章　押しかけ女房

一

まだ明るい空に細い月が上り始めていた。

十八になった澪《みお》は小さな風呂敷包みを胸にかかえ、屋敷の母屋に向かって頭を下げた。鉤《かぎ》の手の廊下を曲がった三之間の奥に、父と母の寝間があった。

縁側から庭におりて四谷御門を見上げると、白い壁に金のしゃちほこが眩しく映っていた。向かいにある御三家筆頭、尾張中納言家の中屋敷のものだ。

――澪という名は良いな。船の通ったあとにできる水の筋か、美しいな。

無口な陸《りく》ノ介《すけ》がそう言って微笑《ほほえ》んでくれたあのときから、澪はいつか必ず今日のようにすると決めてきた。

出遅れて後悔だけはせぬように。

今がそのときなのかは分からない。だがもう今日にすると決めたのだ。

庭の枝折《しお》り戸をそっと押したときだった。

「やはり行くのか、澪」

男の声に振り返ると義兄の隼人《はやと》が立っていた。明るかった冬の日ははやばやと沈み、兄の不安げな顔だけが橙《だいだい》に染まっていた。

「どうかお通しくださいませ。私の決心は変わりませぬ」

「止めはせぬ。そなたも考えに考えた末であろう」

そう言って兄は自ら枝折り戸を大きく開いた。

だが澪の胸の包みに目をとめると悲しげに笑った。

「陸ノ介様はそなたが参ることを存じておられるのか」

澪は兄の顔を見ることができずにうつむいた。

「身勝手をお許しくださいませ。どうか父上、母上を宜しくお願いいたします」

「そんな言い方をするな。同じ四谷のことではないか。上手《うま》くゆかぬと思えば戻ってまいれ。このように広い屋敷、出戻りの一人や二人、いくらでも人目につかぬように置いてやる」

言ってからまずいと気づいたのだろう、隼人は口許《くちもと》を覆って破顔した。

兄の隼人はものの表裏をいちどきに見通してしまう聡明な質《たち》だが、根は恬淡《てんたん》として前向きな人だ。巷《ちまた》で開国が迫るといわれる世でも、兄がいればこの成瀬《なるせ》家のことは何も案じなくていい。

澪はもう一度四谷御門を仰ぎ見た。

「では兄上」

「お、おう。行ってまいれ。父上たちのことは任せておけ。それより陸ノ介様にくれぐれも宜しゅうにな」

隼人は澪の肩にそっと手を置き、励ますように力をこめた。澪がうなずくのを見届けると、先に立って屋敷の裏門へ向かった。

澪は足音をしのばせて後ろからついて行く。

裏門の用人たちが隼人に気づいて頭を下げた。

隼人は用人に潜り戸を開かせ、澪を呼び寄せた。

「では、澪。頼んだぞ」

隼人が手を払うようにし、澪は体の震えを堪えて門を潜った。

「姫様、どちらまで。ただ今、供の者を」

「よい。中納言様の屋敷へ使いに出すまでじゃ」

隼人がうまく用人たちを止めてくれたのを聞きながら、澪は通りに出て足を早めた。

包みを抱きしめて武家町の塀のあいだを走り抜けた。土手通りから市ヶ谷御門へ回るが、壕《ほり》の向こうはどこまで見渡しても壮麗な破風《はふ》しか見えない。

この辺りは尾張徳川家に関わりのある屋敷が多く、なかでもあれが八万坪といわれる上屋敷だった。ここから見えているのは東御殿だけで、藩主たちが暮らす奥向はすっぽりとその陰に入って瓦も覗いていない。

通りの先に目をやると澪は今さらながらに震えがきた。

冷たい風が吹きつけて、まるで目を覚ませと頬をはたかれているようだ。よくよく考えて決めたはずなのに、どうしても足が前に出ない。

ゆっくりと深呼吸をして市ヶ谷御門の一筋南を右に曲がった。

どんつきまで見通しても人はおらず、長塀の武家屋敷がずっと続いている。白い埃《ほこり》が静かに風に舞い上がり、門はどこもしっかりと閉ざされている。

法眼坂にさしかかると、ところどころに櫛《くし》の歯が欠けたように更地があった。この辺りは商人が店を出すわけにもいかず、町人たちが暮らす長屋もない。雑草に覆われた空け地など、百年も前からこのままだったかというほど人の踏み込んだ跡がない。

角の空け地の向かいに周囲より一回り大きな古い屋敷が建っていた。片側に物見窓のついた長屋門があり、大扉もその脇の潜り戸も、もう何年も開いたことなどなさそうに塵《ちり》が積もっている。

澪がそれを高須《たかす》藩の抱え屋敷だと聞いたのはもうずいぶんと前になる。だからおぼろげに覚えていたとおりの土壁が見えてきたときはほっとした。

――高須は水辺の国ゆえな。澪の名を聞くと、まだ見ぬ故郷が瞼《まぶた》に浮かぶようだ。

陸ノ介の言葉を何度も胸で繰り返して、長屋門の脇の木戸を叩いた。

だが物見窓は開かない。

もう一度、今度はもっと強く叩いた。

すると扉はそのまま内側へ押されて開いた。はじめから閂《かんぬき》が外されていたようだ。

澪は思い切って中へ入り、玄関に向かってゆっくりと石畳を歩いて行った。

式台の大きな屋根の下へ来たとき、澪は胸に手を当てた。

「もし。どなたかお取り次ぎをお願い申し上げます」

芍薬《しゃくやく》を散らした衝立《ついたて》が立ちはだかって、奥は暗がりでよく見えない。左右の部屋もしんと静まっている。

「もうし！」

よほど式台へ上がろうかと履き物に手をかけたときだった。廊下の奥から人の足音が聞こえ、いやにゆっくりと、間延びしたように近づいて来る。

少しずつ目が暗がりに慣れてきた。奥は暗いが、足音の先に影法師が見える。

そのとき上背のある影法師が、驚いたように足を止めた。

「澪ではないか」

聞き慣れた声に、澪はほっと顔がほころんだ。

と同時に足から力が抜けて、そのまま式台へへたりこんだ。

駆け寄って来る影はたしかに陸ノ介だ。

「澪、しっかりせよ」

抱き起こそうとする陸ノ介の腕を、澪は夢中で摑んだ。

「陸ノ介様、どうか私をここへ置いてくださいませ。成瀬の父には書き置きをして出てまいりました」

「書き置き？」

「私はもう成瀬の家へは帰りません」

澪はまっすぐに陸ノ介を見つめた。

澪と陸ノ介は幼いときから互いの屋敷を行き来して育った幼馴染みだ。陸ノ介には兄弟がたくさんいたが、澪はまだ歩くのも覚束ない時分から陸ノ介の後ろばかりを追いかけていた。

もちろん陸ノ介と何か言い交わしたわけではない。だから陸ノ介が澪をどう思っているかは分からない。

だが澪にはもうあまり刻《とき》が残されていない。陸ノ介の兄たちは次々と養子に行き、今に陸ノ介もどこか遠いところへ行ってしまう。

「私を陸ノ介様のおそばに置いてくださいませ。澪は、初めて陸ノ介様にお会いしたときから心に決めてまいりました」

そのとき陸ノ介がぷっと吹き出した。

「まだ赤子の時分にか」

陸ノ介が起こそうとしたが、澪は腕を離さなかった。

「まことでございます。澪は健気にも這い這いをしながら陸ノ介様を追っていたと、ばあやも申しておりました」

「あの万事とんちんかんな、澪のばば殿がな」

「まあ。加祢《かね》をそのように」

その名を口にすると、澪はようやくいつもの声が出るようになった。四姉妹の末の澪をずっと甘やかしてきてくれた、満月のように丸い加祢の顔が浮かんだ。

――陸ノ介様は一人で高須のお屋敷を出られたそうでございますよ。ついに町暮らしをするとお決めになったのですね。

　加祢は陸ノ介がどこに移ったかも聞いてきて、この法眼坂の抱え屋敷を教えてくれた。後からばつの悪そうな顔をしたから、加祢は今時分、澪がどこへ行ったか気づいているかもしれない。

　陸ノ介は優しく笑って澪を立たせた。

「澪、私はもう藩邸へは戻らぬのだ。だからな」

「もしや御養子先がお決まりになったのですか」

　澪が必死でしがみつくと、陸ノ介は横を向いて笑った。

「違う違う。私はどこへも養子には行かぬ。生涯、兄上の部屋住みで終わるつもりだ」

「それならどうして」

「兄上がもうすぐ尾張へ御国入りをなさるのだ。今は世情が乱れているだろう？　兄上は国許の実情を知らねばならぬゆえ、私を動きやすいように家臣にな。私が兄上の代わりに見聞きするのだ」

　陸ノ介は己の二の腕をぽんと叩いてみせた。

「では、御養子に出られるわけではないのですか」

「当たり前だ。それどころか、私は今日から兄上の家士になった」

「家士……」

　澪は首をかしげた。なぜ尾張藩主の弟が家臣などになるのだろう。それなら成瀬の父や兄と同じということだろうか。

だが陸ノ介の長兄に比べれば、他藩を継いだあとの兄弟たちも臣下のようなものだ。

澪は勢いよく頭を振って陸ノ介を見返した。ともかく陸ノ介が他家の婿になるのでないなら吉報だ。

「だからな。私があのまま高須藩の部屋住みでおれば、澪のような成瀬の姫でも貰えたかもしれんがな。私は明日からは浪人のようなものだ」

「まあ、陸ノ介様。日本は開国するのでございましょう。これからの世は、幕府も侍もないとおっしゃっていたではありませんか」

澪は頬をふくらませて踏ん張った。

陸ノ介と品川の海を見に行ったとき、陸ノ介の指さした大海原にははっきりと航跡が付いていた。二人がまだ幼いときは沖を大きな船が横切るだけだったが、それがこのところは湊《みなと》に立ち寄るようになっている。

夏に訪れたときは湊のあちこちに小舟が出て、海に潜る侍たちも大勢いた。幕府が外国船の来航に備えて海深を測るように命じたと教えてくれたのは陸ノ介だ。

あのとき陸ノ介は、もうすぐ日本は生まれ変わると言った。御三家連枝の高須藩でも、尾張藩付家老の成瀬家でも関係ない。江戸だ尾張だと張り合うこともない世の中が、もうそこまで来ている。

「私はもとから、屋敷の奥で風にも当たらぬ暮らしをするのは真っ平の跳ね返りでございます！」

澪はばん、と陸ノ介の胸を押した。もう後戻りはできない。陸ノ介に養子縁組が決まったわけでないなら、澪はまだ諦めない。

すると陸ノ介は澪の肩に手を置いて微笑んだ。

「そうか、澪はそうだったな。ならば二人でこの古屋敷で暮らすか」

「はい！」

そのとき後ろで木戸の音がした。

飛び上がって振り返ると、澪が開け放しにしていた潜り戸がばたんと音をたてて閉まっていった。

木戸の細い門のそばで、縄に吊られた徳利が揺れている。

「驚いたか。澪は見たこともなかろう。うちの門番だぞ」

見に行くと門の下に信楽焼《しがらきやき》の徳利がぶら下がっている。門に付いた留め金から縄が延び、扉の上を通って徳利が重石《おもし》になっている。

「ああ、だから私が押すと中へ開いて、今また徳利の重みで閉まったのですね」

なんと面白い工夫だろう。陸ノ介は用人の代わりに徳利に番をさせている。澪が想像もしなかったものがここにはあるようだ。

「案ずるな。そなたが来た上は、兄上に頼んで幾人か借りることにしよう」

「まあ、なぜでございますか。澪はこう見えて、少しのことはできますよ」

そうかそうかと笑って、陸ノ介は子供にするように澪の頭に手のひらを置いた。

陸ノ介は徳利を外して門をしっかりと掛けた。

「近ごろは武家町も物騒になった。成瀬の姫がおるとなれば、さすがに徳利などに番人の代わりはさせられぬ」

中へ入りながら陸ノ介は澪に手を伸ばした。

「明日からはここも守らせる。今夜は心細かろうが……」

終わりまで聞かずに、澪は式台を駆け上がった。

二

朝一番に市ヶ谷の尾張藩上屋敷を出て、徳川慶勝《よしかつ》は東海道を馬で下っていた。藩主として初めての国入りは、駕籠《かご》ではなく馬で行くと決めていた。

年が明ければ慶勝は三十になる。高須藩主の子に生まれて尾張徳川家を継いだのは三年前、父と美濃の高須を訪れた、その翌年のことだ。

薄く色が差していく空にはまだ一筋の雲もなかった。冬の街道は眠気を覚ます冷たい風が吹き、馬に揺られていると背筋がしゃんと伸びていく。

だが父の義建《よしたつ》は、雲のない日よりも厚い雨雲の下にいるほうが多くを見通すことができると言っていた。父は高須という出水を繰り返す木曽三川の河口部を領国として、遠くから雲の行方ばかりを気にかけてきた半生だったのかもしれない。

「おととしの大水は、さすがにもう引いておるであろうな」

慶勝は傍らで馬を並べる成瀬隼人正《はやとのかみ》に尋ねた。隼人は尾張藩江戸家老の嫡男で、まだ二十歳にもならない。

「高須の隣とはいえ、尾張は大水も滅多にないと聞いているが」

「左様でございます。尾張には神君家康公の御囲堤《おかこいつつみ》もございますゆえ」

隼人はこわばった声で訥々《とつとつ》と応えた。広い額には役務の緊張から汗が吹き出している。

尾張は一昨年の秋、ひと月のあいだに三度も台風に襲われ、名古屋城の堀端近くまで水浸しになった。領国の西を流れる木曽三川はほとんど尾張側に溢れることはないが、あのときはふだん穏やかな庄内川が暴れたのだ。

だが慶勝はやはりまだ高須のほうが気になった。高須は尾張の西、木曽三川の只中にある。

「尾張がそのありさまでは、高須はさぞ酷いことであったろうな」

「はい。ですが高須にとっては常のことでございますゆえ」

隼人は訳知り顔で言うが、高須を訪れたことはない。尾張藩は付家老が江戸と国許に別れているので、隼人の成瀬家はずっと江戸で暮らし、尾張は国許家老の竹腰《たけのこし》家が取り仕切っていた。

「それがしは高須どころか、尾張へも一度しか参ったことがございませぬ。とは申せ、あの凄まじさはひとたび目にすれば容易に忘れられるものではございませぬが」

堤が溶けたように田の上に広がり、辺りは一面、泥にまみれて底なし沼だったという。ところどころに泥が小山を作り、かろうじて形をとどめた堤の向こうを、別の泥がわがもの顔で流れていた。

そこが川だとは分かるが、どちらへ流れているのかは慣れた者でなければ見分けがつかない。百姓たちは腰まで泥に浸かって泥を掻き出すが、堤はまだ溶け続けて、今にも川に呑まれるかにみえる。

「高須の百姓たちはよくも毎年、倦《う》まずに苗を植えておるものでございます」

高須は西を縁取って揖斐《いび》川が、東を長良川が流れ、その長良川にはさらに東の木曽川が合流している。そしてその三川が領国の南の付け根で交わるのだ。

しかも尾張から高須にかけて地面は緩やかに下がっているので、東側の川はなにかといえば西の高須に流れ込んで来る。実際、高須では田植えまでに泥を避けられぬことも多く、十年に一作、稲が実れば御の字とされた。

そのため高須はつねに尾張から米をもらい、それで民の暮らしは成り立っている。もとは尾張から分家した藩だから、尾張は高須を領国の一部として守りもすれば支配もする。

そして慶勝がそうだったように、高須は尾張に継嗣が絶えたとき、尾張に入って藩を継ぐ。

「泥に浸かっておれば、病も絶えぬであろうな」

「左様にございます。それゆえ高須では、侍だ町人だと手をこまねいてはおられませぬ。堤が破れれば皆、総出で朝から晩まで泥を掻くのが高須の侍でございます」

高須では春と秋ごとに藩をあげて堤を補修し、川底を浚《さら》うようにしている。だが長雨や雪解けの水が入れば三川はすぐ元に戻り、人にはなす術《すべ》がない。川底は土地よりも高く、一所でも堤が破れたら、あとは暴れ水が過ぎ去るのをじっと待つしかない。

「お許しくださいませ。それがしの話はすべて父の受け売りにございます」

隼人は情けなさそうに肩を落とした。

高須はもともと尾張徳川家にもっとも血筋が近く、藩祖のときから御控えとされてきた。そのため禄は少ないが格式が高く、あえて水害の多い地に領国があるのも尾張の西を警護するためである。

それがここ数代、尾張家では継嗣がなかったにもかかわらず、子だくさんの将軍家斉《いえなり》から次々に養子を押しつけられて、御控えは名ばかりになっていた。しかも将軍家は八代吉宗のときから紀州家の血統だから、尾張も紀州の血筋にされるといって家士たちの反発が強かった。

そうしてついに将軍家からの押しつけ養子が四代続いたとき、尾張の国許で家士たちが騒ぎ始め、国許家老の竹腰家に江戸家老の成瀬を糾弾する嘆願書が出された。

だが当時その嘆願書を竹腰と成瀬が握りつぶし、慶勝の藩主就任はずいぶんと遅れたのである。

「そなたは尾張へ行くのがよほど気が重いとみえるな」

「いえ、そのようなことは」

「私はそなたの父に、なんのわだかまりもないぞ」

慶勝はさばさばと言った。

この二家は国許と江戸表で張り合っているようで、いざとなるとあっさり手を結ぶようにできている。成瀬と竹腰は徳川宗家の意に染まぬ藩主ならば、軽々とその首をすげ替えてしまうのだ。

百年ほど前の尾張七代藩主は将軍家に張り合って、早々と隠居させられている。そのとき将軍家に七代の非をうったえたのも、当時の成瀬と竹腰の両家老だ。

「成瀬と竹腰は、今も将軍家直臣のようなものだ。将軍家の指図で尾張の政《まつりごと》を司《つかさど》っておるのだからな」

「畏れ入り、奉ります」

隼人は馬の背でいよいよ体を縮こめた。

慶勝は手綱を握り直し、わずかに馬の足を早めた。

これまでの紀州系の藩主たちは江戸に居続け、尾張を訪れぬままにみまかった者もあった。それが国許の家士たちの不満にもなったから、慶勝はわざと馬で国入りすることにしたのである。

ともかく慶勝は注意深く足下を見て、どちらとも上手くやらなければならない。成瀬と竹腰には、慶勝には思いもよらない繋《つな》がりがあるからだ。

だが隼人というのは涼しげでまっすぐな良い目をしている。この青年がいつか自分を藩主の座から引きずり下ろすなら、いったいどんな顔でやるのか、それだけは見てみたい。

「隼人。法眼坂には成瀬からも人をやっているのか」

「法眼坂……。澪のばあやが幾人か連れて移ると騒がしゅうしておりましたが」

そのとき隼人ははっとして馬を飛び降りた。

「殿、このたびは妹が大それたことをいたしました。どうぞお許しくださいませ」

「よい、ともかく馬に乗らぬか。先を急ぐ」

慶勝がそう言って笑うと、隼人はあわてて馬に跨《また》がった。

「私はあの二人は良い縁だと思っている」

「滅相もないことでございます」

隼人は馬上でぶるぶると首を振っている。

慶勝は思い出して可笑《おか》しくなった。

「しかし陸ノ介はあれでなかなか強情だな。澪が行ったからには観念して屋敷に戻ると思うたが、戻らぬとみえる」

慶勝は若い二人のことを思うと胸が弾む。なにしろ成瀬の四姉妹のことなら、婿入りした隼人よりよく知っているほどだ。

慶勝たちは生まれたのも江戸なら、育ったのも四谷の高須藩上屋敷である。そばには尾張藩の中屋敷があり、成瀬家の屋敷はその向かいだった。

高須は尾張藩連枝という立場だから、たとえば江戸城に登るときはつねに尾張藩の上屋敷を訪れ、そこから尾張藩主と揃って登城することになっている。下城もまた同じで、自邸に戻るのは尾張藩邸に立ち寄ってからだ。

そんな密な関わりがあるために、尾張藩家老の成瀬家は高須藩とも行き来してきた。慶勝たちは成瀬家の庭にある馬場で初めて馬に乗ったし、そんな暮らしのあいだに陸ノ介と澪は親しくなったのに違いない。

「そなたの父は腹を立てておるのではないか。彼奴《あやつ》は末の澪をたいそう可愛がっておったと聞いておるぞ」

「は、たしかに。澪のことは格別目をかけておりましたが」

「成瀬のことだ。美貌の娘ゆえ、どこぞの大名家にでも輿入《こしい》れさせるつもりだったのであろう」

なにせ親子揃って大名になろうとした男だと、慶勝はちくりと厭味《いやみ》を言ってみた。隼人の義父と義祖父は、領国の犬山に家を起《た》てることを望んだことがある。

「どうか、平にお許しくださいませ。内心では慶勝様の弟君のどなたかに見初められでもすればと願《ねご》うておったようでございます。しかも陸ノ介様は、弟君のなかでも出色の……」

あっと短く叫んで隼人はまたしても馬を飛び降りて地面に手をついた。

慶勝はついに笑い声をあげて、自らも馬を降りた。

「そのように馬から降りてばかりでは、ろくに進むことができぬではないか。よい、ここで昼餉《ひるげ》にしよう」

慶勝が手を挙げると行列が止まった。

騎馬の者が馬を降り、辺りに荷を下ろしていく。

「ともかく二人は仲睦まじうやっておるのだな」

「は、それは。陸ノ介様が澪にもお優しゅうしてくださるそうで」

「なによりじゃ。陸ノ介がいつか藩邸に戻れば円く収まろう。彼奴はどこへも養子には出さぬゆえな」

そのときふと慶勝は、澪のために陸ノ介は他家へ出なかったのではないかと考えた。すると胸のつかえがすっと下りたようになった。

だがすぐに、それはあるまいと思い直した。

「まあ、よいわ。二人のおかげで私と隼人は義兄弟ではないか」

「殿！　それがしはそのようなことは一切」

隼人は跳ねたり縮こまったり忙しい。慶勝は尾張までの旅がいよいよ楽しみになってきた。


式台の周りを掃くふりをしながら、澪は四半刻も門の外へ耳を澄ませていた。この辺りは大きな武家屋敷が多いので、通りの音はよく響く。そろそろ洗濯を始めたいが、澪は洗い物を盥《たらい》に放り込んだままぼんやりと箒《ほうき》を握りしめて立っていた。

やがて表を聞き慣れた足音が小走りで近づいて来た。澪は箒を持って門のそばまで走って行った。

どん、と一回叩かれるとすぐに木戸を開けた。

「まあ、姫様」

ばあやの加祢が飛び込んで来て、いきなりおいおい泣き始めた。

「どうしたの、加祢」

「姫様が手ずから扉をお開けくださいますとは。さぞご苦労なさいましたでしょう」

高く結んだ帯に、丁寧に油で撫でつけた髷《まげ》が懐かしい。涙を拭っているのが惜しいような上等の絹の着物だ。

「加祢。私は少しも苦労なんかしていません。でもやることが多すぎて困っているの。さあ、洗濯を手伝って」

「は？」

加祢が驚いて泣き顔を上げた。

「私は洗い物をしたことがありません。教えてくださいね」

「まあまあ、姫様。そのようなことはこの者たちが」

加祢の後ろでずらりと侍女たちが頭を下げた。

「すまないけれど皆、兄上のところへ帰ってください。加祢は、自分のことは自分でできるでしょう」

「ですが姫様は」

澪は笑って肩をすくめた。

「できないの。自分のことも陸ノ介様のことも。だから加祢は手伝って。でも、これから全部覚えます」

もう澪は成瀬家の姫ではなく、市中で暮らすと決めた陸ノ介の妻だ。

「大きな屋敷でも小さく暮らすことはできる。ここも、ほんの二部屋しか使っていないのよ。それなのに、あっという間に日が暮れてしまうから不思議です」

それでも澪は毎日が楽しくてたまらない。朝はどんなに早く起きたつもりでも気がつけば日はまん丸な顔を出しているし、かと思えばすぐ暮れ六つの鐘が響いてくる。

「かしこまりました。まずは洗い物だとおっしゃいましたね」

加祢は式台の上がり口に荷を置くと、手早く襷《たすき》をかけた。

「姫様の願いが叶ったのでございますからね。加祢はこんな嬉しいことはございませんですよ」

言いながら加祢はまた涙を拭っている。だがすぐ嬉しそうに微笑んだ。

「さあ、物干しはどちらでございますか」

「加祢、裾が土に触っていますよ」

「かまいませんですよ。まったく、姫様より私のほうが良い着物を着ているなんて」

二人で笑い合って庭先へ回った。

「まあ、こんな正面に干しておられるのですか」

加祢が仰天して足を止めた。

庭で一番姿の良い松の木とその隣の木に、斜めに竿が渡してある。昨日からそこに陸ノ介の着流しをぶら下げているのだが、丸一日経っても乾かない。

「竿は陸ノ介様に頼んで掛けていただいたのだけど」

加祢は着流しの下にできた水溜まりを呆然と見下ろした。

「一体どんな力で絞られたのですか。しかも一晩中、外に出しておられたなんて」

「だって昨日は良い月夜だったでしょう。雨が降るはずはありませんから」

「それにしては、ずいぶんと水が滴《したた》っておりますねえ」

加祢がため息をついて着流しの端を絞った。すると滴《しずく》が雨粒のように落ちた。

「姫様。洗濯物はもっと絞って干してくださらなければ」

「でも絞ったら皺《しわ》がつくじゃないの」

「よろしいのです。あとで思い切りはたいてくださいませ」

こう、と言って加祢が着流しに両側から平手打ちをした。辺りに飛沫が飛び散って、澪は驚いて目をぱちぱちさせた。

「まあまあ、一日経っても水気がこんなに。さあ、やり直しますよ」

それから二人で着流しを下ろして盥に運んだ。加祢は先に別の着物が浸けてあるのを見て苦笑した。

「こんなに陸ノ介様のものばかり。毎日お洗いにならなくてよいのですよ」

「でもちょうど高須から帰られたばかりで、どれも泥がついているの」

「ああ、慶勝様が御国入りなさるのでしたね。たしか先に行かれたとか」

「ほかに剣術のお稽古もなさるから」

加祢はくすくす笑いながら歩き回っている。

そしてあっという間に盥を新しくすると、澪を隣にしゃがませて洗濯板を使い始めた。

「高須の若様はどなたも良い方ばかりですが、加祢も陸ノ介様がいちばん好きでございました」

「まあ、加祢。本当に」

「ええ、本当でございますとも。加祢は町の衆と話すのが好きですが、陸ノ介様は町をよくお歩きになっていますから、皆が知っておりますでしょう。町人にもたいそう評判がおよろしいのですよ」

町に出れば質の悪い幕吏もいる。そんな侍から陸ノ介は町人たちを庇《かば》い、酔客の喧嘩を仲裁することもある。身分を知る者もいないので、陸ノ介は気さくに声をかけられているという。

「加祢は私も知らないことをたくさん知っているのね。もっと聞かせてくださいね」

「ええ。でも姫様、手がお留守です。おしゃべりをしながら洗濯ができるようになれば免許皆伝でございますよ」

そう言いながら、奥様に叱られますと加祢は付け足した。

「よりにもよって姫様に洗い物をさせるなんて」

「いいえ、加祢。もう姫様もいけません。私は町で暮らすお侍の妻ですよ」

澪は加祢の手元を真似ながら洗濯をした。陸ノ介は屋敷にいたときと同じように暮らせばいいと言うが、これは澪が望んだことだ。

「たしかにひどい土でございますねえ。高須でどんなところを歩かれたんでしょう」

加祢は陸ノ介の着物を盥から持ち上げた。

「高須はこのところ毎年、大水があって、稲がずっとだめなのですって」

「また一面、泥をかぶっているのでしょうか」

「ええ。陸ノ介様が、私にはとても想像がつかないだろうって」

「左様でございますね。高須では、どこの堤が切れるかは全くの運でございますから」

加祢の深いため息で澪は手を止めた。加祢が高須の生まれだったことを思い出した。加祢は高須で大水に遭って、夫と子供を亡くして江戸へ出て来たのだ。

「加祢、ごめんなさい」

「まあ、いいえ。加祢もあのまま高須で暮らしていれば大水のたびに悲しくなっておりましたでしょうが、私はこちらへ来て姫様のお世話もさせていただきましたから」

加祢が江戸藩邸へ出て来たときと澪が生まれたのがちょうど重なったのだ。だから加祢は特別に澪を大切にしてきてくれた。

「誰の一生にも、忘れたくても忘れられぬことはございます。ですが加祢は、失ったものより得たものを数えることにしていますから」

そう言って加祢は明るい満月のように微笑んだ。

「このさき姫様も、そうなさってくださいませ」

気がつけば澪はまた手が止まっていて、あわてて洗濯板に着物をこすりつけた。

「加祢」

「はい、何でございますか」

「どうして陸ノ介様だけが御養子に行かれないか、加祢は理由を知っている?」

今度は加祢のほうが手を止めた。

陸ノ介は兄慶勝の目と耳になるために臣下に下ったと言ったが、そう軽々と捨てられる身分ではないはずだ。

陸ノ介の長兄は尾張藩を継ぎ、次兄はもう亡くなったが石見国の浜田藩主だった。三兄が高須藩を継いで、すぐ下の弟は十二のとき養子に出て十八の今年、会津藩主になった。

だから義建の子で他家へ出ていないのは陸ノ介と、まだ幼い銈之助《けいのすけ》だけなのだ。そもそも義建が御三家に連なる生まれだから、継嗣のない大名家が陸ノ介を放っておくはずがないのである。

「そういえば陸ノ介様だけは、元服もあまり大層になさらなかったでしょう。名も改められずに幼名のままで」

「陸ノ介様は姫様のために御養子に行かれなかったのだと、加祢などは思っておりますけれど」

加祢は屈託なく微笑んで、洗い終わった衣を絞り始めた。

「澪様はほかならぬ神君家康公が尾張家に配された付家老の姫様ですよ。ましてやこのように美しくておいでなのですから、どこの大名家に嫁がれても不足はございません」

「加祢……」

だが義建の血筋は、いざとなれば将軍家を継ぐこともできる格別の中の格別だ。

「そこいらの武家で四男といえば、まず大抵は部屋住みでございます。ですが義建様の御子様となれば必ず大名家の姫様を娶《めと》って御養子になられます。そうなればいくら成瀬の姫様でも奥方様にはなれません。弟の容保《かたもり》様のように、姫付きの御家へ婿に入られる定めでございましょう」

「それは分かるけれど、私のために藩を出てくださったなんて買いかぶりよ」

「いいえ、そうですとも」

加祢はきっぱりと首を振った。

「私は陸ノ介様のことは昔からよう存じ上げております。なにしろよくお連れしてお屋敷の外へ出ておりましたからね」

もともと加祢は江戸へ来て、義建の暮らす高須藩邸で仕えていた。そこから成瀬家に請われて移ってきた侍女なのだ。

「あの方はお転婆な姫様をごらんになってておられるときだけ、明るい目をしておいでてございましたよ。本当に、何の憂いもないような」

加祢はふと何かを思い出したような顔で高い空を見上げた。そこに何が映っているのか気になって、澪は身を乗り出してしまった。

「とにかく姫様がお案じになることはございません。加祢などが見ておりましても、陸ノ介様のお心は本物です」

「加祢も、陸ノ介様が暗い目をなさるのを知っているの」

「え？　ああそれは、もともと無口な御方でございますし」

ですが、と加祢はからかうような顔つきになった。

「これからは姫様のあまりのおさんどんに、暗い目どころでは済まなくなるかもしれません。姫様は、まずは一日も早く人並みの奥方様におなりあそばさねば」

加祢はわざとらしく頭を下げてみせた。

「分かりました。では厳しく仕込んでください」

「それはお任せくださいませ」

互いに肩をすくめて、着物を洗濯板でごしごしとやった。笑ったとき盥の水が眩しく日を弾いて、澪はこんなふうに体を動かす楽しみは初めて知ったと思っていた。

三

「父上、遅うなりました」

慶勝は廊下で呼びかけたが、中からはしばらく返事がなかった。うたた寝でもしているかと思いながら、裏庭の夜空を見上げた。春の細い月がまるで爪で掻いたように白く一筋、闇を切って輝いている。

もう一度呼ぼうとしたとき、ふいに後ろから目隠しをされた。小さくて柔らかい子供の手のひらだ。

「だあれ、だ」

「さあて、誰であろう。ふむ、銈之助かな」

慶勝が笑いながら腕を摑むと、きゃっと笑って懐に子供が転がってきた。

「やはり銈之助か。子供がいつまで起きておる」

「兄上、せっかくおいでになったのに、私のところには来てくださらないのですか。小兄上《ちい》に三本マストの軍艦をいただいたのです。ねえ、見てください」

「なりません、銈之助様。こちらへお控えくださいませ」

後ろで侍女がおろおろしている。

「マストとは何だ、銈之助」

「帆柱のことです。外国ではそう呼ぶのです。小兄上に教えていただきました」

「容保が来たのか」

「はい。こんなに大きいのに池にも浮くのですよ」

銈之助はうんと両手を広げてみせた。

「そうか、そうか。では風呂にも浮くのであろうな」

「はい、浮きます」

「よし、ならば先に風呂に入って来い。侍女殿を困らせてはならぬぞ」

慶勝は笑って銈之助に侍女のほうを向かせた。

「兄上は？」

「父上と話があるのだ。帰る前にお前のところへも寄ってやろう」

銈之助は元気よくうなずいて畳廊下を戻って行く。あわてて侍女が頭を下げ、後を追った。

「慶勝か」

目覚めたのだろう、座敷の中から父の声がした。

座敷の中は火鉢が置かれ、ほのかに温《ぬく》もっていた。

「銈之助は七歳でしたか。可愛い盛りでございますな」

「八つになりおったわ。少々やんちゃが過ぎるようでな。なかなかに皆、手を焼いておるぞ」

「まこと、父上は子福者であられる」

慶勝がからかうと、父は鼻で笑った。

義建は先年、五十を過ぎて藩主を隠居し、下屋敷に窯《かま》をこしらえて焼き物に凝っていた。藩主の時分もほとんど江戸に居続けだったが、尾張の国許家老の竹腰とはよく文をやりとりして、高須の長い水害のことも詳しく知っているようだ。

先だって慶勝は尾張へ行き、高須にも回ったが、父が話して聞かせた通りのありさまだった。普段から義建は始終、高須の絵図面を眺めており、それには年ごとに新しく堤を付け替えたところが赤や緑で記してあった。それを眺めていると水害がどこに多いか、溢れた水がどこを襲うかが読み取れるようになるという。

「いつかは高須の土で器を焼きたいと願うてきたが、やはりできぬようだな」

「あの地では土が米のごとく貴《とうと》ばれておりますゆえ」

「そうだな。土や芝を盗む者が後を絶たぬ」

そう言いながら義建は火鉢に近づいて来たが、後ろの文机にはやはり高須の絵図面が広げられていた。

「その絵図面はいつか茂徳《もちのり》におやりになるのですか」

高須藩を継いだ弟の茂徳は、慶勝の七つ下である。

父は軽くうなずいて絵図面を丸めた。

「高須のことは茂徳に任せておけばよい。儂《わし》はそなたらが幼い時分、それぞれに絵を添えた日記を書くように命じたがの。茂徳だけは投げ出さずに三年続けおった。辛抱がきくうえ、同じことをさせられても腐りもせぬ。延々と繰り返す大水に立ち向かうにはうってつけであろう」

「父上もお人の悪い。はじめから跡を継がせるおつもりで、茂徳にだけは厳しゅうお躾《しつけ》あそばしたのでしょう」

「いや、そうでもない。彼奴が石見国でもよかったのだ」

これでも父は、尾張へは慶勝を見込んで入れたと励ましているのだろう。

「それはともかく。そなたを呼んだのは国書の件と斉昭《なりあき》公のこと」

義建はゆったりと胡座《あぐら》を組み、火鉢に手を伸ばした。

この夏、アメリカからペルリという提督がやって来た。鎖国を解き、交易せよとの申し出で、幕府はその軍艦のあまりの大きさに度肝を抜かれた。まるで城かと見紛うような鋼鉄の黒い塊で、側面には無数の砲門を持ち、天にも届くかのような帆柱を立てていた。

どんな強い風がその軍艦を推し進めるのかと思えば、帆はそよとも揺れぬのに船は浦賀の湊を縦横に行き来した。陸にいる義建や慶勝たちは、まるで鮫が背鰭を出して迫るのを、なす術もなく見つめる生き餌《え》のようなものだった。

幕府は返答を一年先に繰り延べ、ともかくペルリを去らせて諸大名に建白を求めた。

これまで幕府が政について諮問することはなかったから、それだけでも幕府の威信は揺らいだが、外国船は数年前から日本各地の湊に次から次へと押し寄せていた。ときには強引に上陸しようとしたこともあったから、幕府も多少のことには目を瞑るようになったのだ。

まだ外国船の横腹の砲門が火を噴いたことはないが、あの大きさからして一朝事あったときには大惨事になるのは目に見えている。

「彦根の井伊直弼《いいなおすけ》は、外国との交易を進言しおったとな」

近江国三十万石の譜代筆頭である。

本来、幕府の政は徳川家のみが司るもので、老中などの御役をたまわり奔走するのはその家臣たちだ。だから家門に連なる慶勝たちが老中や若年寄などに任じられることはないが、井伊家も家臣としては格が高すぎるので老中を務めたことはなかった。

だが幕府が広く建白を募った以上、もうそんな慣わしも消えていくのだろう。

「慶勝も建白書を出したそうではないか」

「はい。開国は御祖法に反するゆえ、ならぬと書いてやりました」

「ならぬものはならぬ、か」

容保のようではないかとつぶやいて、父はふんと鼻で笑った。

「ですが、外国が信義の国ばかりとは限りませぬ。ならぬで通ればよいが、おいおい日本も軍事力を強めねばなりませぬ」

「だが建白書の大半は、このまま鎖国を望むと書いておったというぞ」

「ならばこそ、諸侯には領国の防備に努めさせるべきと存じます。自由に大船の建造を許し、砲台を造らせ、幕府は外国の武器、兵書の類を購《あがな》うことでございます」

慶勝はそれらのことを建白に書いた。

「薩摩の斉彬《なりあきら》公などは反射炉を建造されたそうでございますぞ」

「何じゃ、それは」

「父上がお庭に造られた窯の、上等とでも申しますかな。いくつもの窯の熱を反射させて一点に集め、より高温にするそうでございます。さすれば、より硬いものを溶かすことができ、ゆえに、より硬いものを拵《こしら》えることができます」

ほう、と義建は少し羨ましそうな顔をした。

「薩摩は焼き物も良いものを作りおるからの」

「ああ、左様でございますな」

ふと慶勝は、父と斉彬が似ていると思った。どちらも理にかなっていれば新しい物には全く抵抗がない。

慶勝は斉彬と会って話したことがあるが、歳が一回りよりも上ということもあって、先見の明をもつ頼りがいのある師のように思った。

「斉彬公は廃嫡されかけておられましたが、ご老中がたの尽力で二十八代に就かれたとか」

「おお、薩摩は二十八代か。島津に莫迦《ばか》殿なしというが、大したものじゃの」

「はい。また福井の松平春嶽《しゅんがく》殿は、それら雄藩で建白を主導し、幕政の改革を望んでおられます」

「そなた、親しゅうする大名が多いようじゃの」

「それほどではございませんが」

互いの藩邸を行き来するようになったのは、まだあの建白書を出して以来のことだ。

「越前の松平はともかく、薩摩は外様ではないか」

「いかにも」

慶勝は自信を持って頭を下げた。慶勝の父は、鳥が大空を羽ばたくように闊達にものを考えられる質だ。

「ともかく幕府は元を正せば、朝廷より政をお預かりしておるにすぎませぬ。つまるところ、国を開くかどうかは帝の叡慮によるべきかと存じます」

「そうかもしれぬがの。幕府の意向は汲んでいただかねばな」

「御意」

慶勝の建白も役に立ったのか、幕府は西洋の兵書を集め始めている。オランダからは軍艦と鉄砲を購い、先頃ついに諸藩にも大船の建造を許した。

幕府は今、急いで変わろうとしている。その手応えを慶勝や春嶽、斉彬たちは感じている。

外国船の到来で誰より危機感を募らせているのは幕府だ。朝廷から政を預かって兵力を統率している以上、矢面に立って日本を守らなければならないのは幕府すなわち徳川家なのだ。

幕府が開かれてからの二百五十年、徳川宗家は内では尾張などの御三家を警戒し、外では外様大名を敵視してきた。だが家康の定めた祖法を奉っているだけでは新しい波に立ち向かうことはできない。外様とも力を合わせて日本という一つの国を守るときが来るなど、家康は考えたこともなかったはずだ。

「建白については分かった。それゆえもう一つ」

「水戸の叔父上のことでございますな」

「左様。斉昭公は幕政参与になられたそうじゃの」

「老中の誰ぞが推挙したとか。さぞや口うるそうございましょうな」

慶勝は苦笑した。水戸の前藩主、徳川斉昭は慶勝の母の弟にあたる。

「それがしはあの叔父上は昔から苦手でございますなあ。実に厳めしいと申しますか、日本の大神主といえば叔父上ではござらぬか。あの怜悧《れいり》な眼差しで坊主を片端から論駁《ろんばく》なさるのですから、水戸の寺は災難だ」

「そのようなことを申すでない。尾張はあの立て板水には恩があろう」

そのくせ義建も笑っている。

慶勝たちは密かに斉昭父子を立て板水と呼んでくさしている。斉昭の子の慶喜《よしのぶ》がまた、父に輪をかけたような長広舌をふるうからだ。

だが尾張藩は成瀬たち付家老が独立の大名になろうとしたとき、斉昭が強く反対したことで旧来の形を守られた。尾張を切り取って新たな大名が生まれれば、結局は御三家の禄が減ると斉昭がしたたかに言い負かしたのだ。

「まあ、叔父上は老中ばかりでなく、薩摩の斉彬殿とも親しいご様子。外様じゃ譜代じゃと申されぬところは、父上よりもさばけておられるかもしれません」

「口が過ぎるぞ、慶勝」

そう言うと父は慶勝を手招きし、耳を近づけさせて声を潜めた。

「立て板水は次の将軍家を狙うておる」

「……慶喜でございますか」

「ああ。上様はご病弱じゃ」

十三代家定は三十歳だが、世継ぎはおろか御台所も迎えていない。

だがそんな父の顔を眺めていると、慶勝は狸じじいという言葉を思い出す。

「父上は日がな一日、土をこね、そのような埒《らち》もないことを考えておられましたか」

「そなたに御鉢が回ってくるやもしれぬ」

「そんなことだろうと思いました。策士、策に溺れると申しますぞ。従兄弟とはいえ、慶喜の毛並みには及びもつきませぬ」

慶喜の母は宮家の出だ。

全く、誰が将軍などになりたいものか。尾張一国でも手に余り、幼い日の夢と言えば高須藩主になることだった。国入りを果たし、木曽三川の只中で健気な石垣に守られている高須を見たとき、心底あの地を守りたいと思ったものだ。

慶勝は腿に手をつき、姿勢を正した。銈之助が首を長くして待っているだろう。

「父上、一つお尋ねしてもよろしゅうございますか」

「ふむ」

「陸ノ介がここを出たのは、父上がお命じになったからですか」

父はぽかんとして慶勝を見返した。

「父上が陸ノ介に、家を継ぐなと仰せになったわけではございませぬな」

「なにを莫迦なことを申しておる」

「いや、それを聞いて安堵いたしました。失礼を申し上げました」

父は怒って背を向けてしまった。

その背に微笑んで、慶勝は座敷を出た。


町屋のあいだを抜けると目の前にいっきにまばゆい海が広がった。江戸湊の、このあたりは品川である。

「どうだ、澪。砲台が見えるか」

陸ノ介と海際まで行って額に手庇《てびさし》をたて、澪は海へ身を乗り出した。

沖に細長い土手のようなものが築かれ、ぽつぽつと黒い箱が置かれているのが見える。

今年の春、幕府はアメリカと和親条約を結び、海を埋め立てて台場が造られた。上に砲門を据え付け、外国船に非礼を受ければ大砲を撃つのだという。

「私、どうせなら黒船が見てみとうございました。もう今は何もいないのですね」

澪はぐるりと見回したが、急造された台場が一筋、二筋と波間に突き出しているだけだ。

「陸ノ介様は黒船をごらんになったのでしょう。三艘もあったというのは本当ですか」

「ああ。大きな船だったぞ。それが小回りをきかせて右へ進んだかと思えば、くるりと向きを変えてな」

外国の船のくせに、日本の湊を勝手に測量して帰ったのだという。

だが未だにあの砲台が火を噴いたことはない。日本とアメリカは和親、つまり親しくするという約定を結んだのだ。

「黒船が来たときは、加祢が噂することもならぬと申しました。私も少し怖かったので黙っておりましたけれど」

あれからというもの江戸ではあちこちに道場ができ、風体の良くない男たちが肩で風を切って歩くようになった。幕府は和親と決めたのに町では攘夷《じょうい》が叫ばれ、夷狄《いてき》を攘《はら》うためだとして剣術がさかんになっている。

澪は加祢と家のことをしながら、そんなあれこれを始終話している。皆がこれほど厭がるのだから、御上も外国船は追い返したほうが面倒がなかったのにと思う。

「陸ノ介様はこのところ町の道場に顔を出していらっしゃいますでしょう。それも慶勝様がお命じになったのですか」

こんなに江戸が騒がしくなってくると、陸ノ介がふらりと家を出て行くのは心配だ。これならいっそあのまま藩邸にいてくれたほうが良かったかもしれない。

だがそれは多分、夫婦になる夢が叶ったから澪のほうが贅沢になったのだ。

「道場はそれほどお楽しいのですか。ご身分もおありなのに、青あざを付けてお戻りになるなんて」

「せっかく海へ来たのに、澪は町のことばかりだな」

陸ノ介は海風を浴びながら優しく笑った。

だが陸ノ介が出入りしている試衛館《しえいかん》は、剣術というより喧嘩拳法を教える町道場だと加祢が聞いてきた。居合や柔や、ときには棒や鎖を使って、流派などおかまいなしに相手を打ちのめすのだという。だから道場には町人や百姓もいるし、喧嘩っ早いのをよしとするような物騒なところらしい。

試衛館へ行くようになって、陸ノ介は生傷が絶えなくなった。生け花の剣山でも踏んだような赤い斑点をくるぶしに付けて帰って来たときは、本当に剣山を鎖の先に結わえて振り回す者の相手をしたのだという。

そんな話を聞かされる側は堪ったものではない。稽古というからにはちゃんと剣道場で、竹刀《しない》でやってもらいたいものだ。

陸ノ介のくるぶしには今もまだ鉤裂きの傷痕が残っている。澪は恨めしげにその傷に目をやったが、陸ノ介は笑って、風にまくられた裾を直してしまった。

「あの台場まで泳げるかな」

「えっ」

驚いて澪は陸ノ介の袖を摑んだ。

「おやめください。小さいとき、溺れなさいましたでしょう。大層な騒ぎだったのをお忘れになったのですか」

「一番騒いでいたのは澪ではなかったかな」

陸ノ介は笑って澪の肩を軽く叩いた。

だが成瀬の屋敷へ運び込まれてきたときの陸ノ介は真っ青な顔で、そばにいた慶勝まで涙を浮かべて体をわななかせていた。

「また兄上様をお悲しませになりますよ」

「そうだ、思い出したぞ。兄上の泣き声で私は目が覚めたのだ」

澪は怒って頰をふくらませた。

陸ノ介たち兄弟は皆、不思議なほど仲が良い。それで兄弟で水練に行き、陸ノ介は海まで流されたのだ。

「よくここへも兄上たちと泳ぎに来たものだ。父上が、高須の子はとにかく泳ぎだけは達者になれと仰せになったのでな」

高須は木曽三川とともに生きる定めだからだ。

「あれほど仲が良くていらっしゃるのに、皆様、ちりぢりでございますね」

「武家とはそんなものだ。狭い長屋で団子になって育つわけにもゆくまい」

澪は陸ノ介の兄弟たちが全員好きだ。

慶勝は昔からさすがに格が違って何にも動じなかったが、陸ノ介が溺れたとき取り乱したように、生来の弟思いだ。真面目な茂徳はそんな兄をいつも手本にして、陸ノ介たちにとっては厳しさなど欠片《かけら》もない優しい兄だ。弟たちの誰かの具合が悪いとき、先に気づくのは慶勝だが、兄からそれを聞いて実際に世話を焼くのは茂徳だった。

陸ノ介は我関せずで兄たちが案じても外へ遊びに行ってしまう少年だったが、容保は幼いときからじっと黙って正座しているような若君だった。末の銈之助のことは澪もあまりよく知らないが、兄たちの背に飛びついたり腹にもぐりこんだり、元気いっぱい跳ね回っているのを見たことがある。

兄弟たちの顔が浮かぶと澪も楽しくなってきた。

慶勝は厳めしく、茂徳は温かく、容保は穏やかで銈之助は腕白だ。幼い銈之助はおくとして、そんな兄弟たちに共通しているのは、根気強くて己は二の次にするところだ。

「銈之助様はもう九つにおなりでございますね」

「ああ。彼奴は相変わらずだ」

陸ノ介たちは皆、銈之助のことになると目を細める。金泥の屛風を背に座っているのが容保に似合いとすると、すぐ下の弟なのに、銈之助は今にも長屋の大戸から走り出して来そうな、よく日に焼けた元気玉だ。

「銈之助様はどのような藩主様におなりでしょう」

「さあて。どこへ行くかなあ」

陸ノ介の声には僻《ひが》んだところは微塵もない。だが澪はやはり、なぜ陸ノ介だけは養子に出なかったのだろうと考えてしまう。

陸ノ介は本当にそれで良かったのだろうか。

「どうかしたか、澪」

「いいえ。どこへ行かれても鉒之助様は鉒之助様らしく振る舞われると思うと、楽しくなってきましたの」

この海は世界と繋がっている。これからの日本はきっと世界の中で生きていく。和親の条約を結んだ日本はもう後戻りはできない。

そして陸ノ介も、もう澪といると決めたのだ。澪は誰にも、陸ノ介を元の場所へ引き戻させたりしない。

澪はそっと陸ノ介の腕にもたれて、海の果てに目を凝らしていた。

第二章　立待つ鳥

一

尾張藩邸の一つは浜御殿の隣にある。この海に面した広い庭で渡辺新左衛門が大砲を並べて見せたのはもう二年前、幕府がアメリカと和親条約を結んだ折のことだ。

慶勝はそのときと同じ場所に立ち、四半刻あまりも髭面《ひげづら》のこの大男の、よく回る口につきあっていた。

「まこと、新左衛門ほど頼もしい者もおるまいがの。なにせ大砲を一人で曳《ひ》いて来るのだからな」

どうにかしていいかげん黙らせよと、慶勝は顔を引き攣《つ》らせて隼人を振り向いた。

こちらはこちらで相変わらずの無口だが、傍らに置くようになってずいぶんと気心は知れるようになった。慶勝が新左衛門の饒舌にうんざりしているのも見通して、苦笑しつつうなずいてきた。

「新左衛門は藩のために大砲を私財で購《あがの》うてくれたそうではないか。すまぬことじゃ」

「何を申されます。殿は我らが幾代にもわたって待ち続け、ようやくお迎えすることのできた御方。殿の御為ならば、それがし何を惜しみましょうや」

有難い志だが、新左衛門は己の大砲しか見ていない。さかんに息を吹きかけて鋼を袖で磨いているが、果たしてここから本当に鉄の弾が飛び出していくのかといえば、慶勝はどうにも疑わしい気がしていた。

「この弾はどこまで飛ぶ」

「左様でございますなあ。ふうむ、木更津とまでは行きますまいが」

思わず慶勝と隼人は顔を見合わせた。対岸どころか、品川の台場までも届くまい。

だが外国船は意気揚々と江戸湊の懐深くまで潜り込み、千代田の御城さえ脅かしかねない気配である。幕府は長崎に海軍伝習所を置き、来春には蕃書調所《ばんしょしらべしょ》も開くというが、そこから伝わってくるのは諸外国との歴然たる軍事力の差ばかりだ。

「おう、隼人よ。おぬし、そのように気の抜けた顔をしておるが、これからは大砲の時代じゃぞ。夷狄どもが得意げに湊をうろついていられるのも今のうちじゃ。和親条約は大砲さえ揃えば反故《ほご》じゃ」

「新左衛門、大きな声で滅多なことを申すな。幕府がお決めになったことだぞ」

「心得違いはおぬしじゃわ。帝が条約をお知りになったのは一年以上も経ってからであろう。ずいぶんお怒りじゃったと申すではないか。破約はもはや間違いない」

慶勝は手のひらを振って二人を黙らせた。新左衛門は尾張の国許が長いので、江戸の事情には疎いところがある。

「しかし新左衛門は威勢がよい。尾張では皆、そのように申しておるのだな」

「無論にございます。藩祖義直公の遺命をば、隼人、もしや江戸者は忘れてしまうたのではあるまいな」

新左衛門は途中から隼人に向き直って、大きなぎょろ目で睨み据えた。

「忘れるものか。諸事、王命に依って催さるること」

隼人は口早に言って苦々しげに顔を背けた。藩主から藩主へと伝えられてきた、他国には内密の藩訓である。

だが家康の子が遺《のこ》しただけに、なにごとも帝の命に従って備えるというのは全く古い。孝明帝は神州日本の地を夷狄に踏ませるなと仰せになったと言うが、紫《し》宸殿《しんでん》よりも大きな鋼鉄の塊がこの湊に三艘も並んでいたことなどお知りあるまい。

己はつくづく高須藩主が似合いだったと、慶勝はため息が出た。尾張藩の西辺を守っておけばいい高須なら、慶勝も父の絵図面を手に木曽三川と闘ったのだ。輪中《わじゅう》にどっしりと根を下ろし、一町でも田畑を広げようと川に立ち向かうほうが、人としてどれほど生きる甲斐があっただろう。

「新左衛門よ。尾張もこのところはまた水害が酷いのであろう」

「はあ、それは。八丈もの大波でござったゆえ」

今さらながらに慶勝も声が出なかった。伊勢湾を襲った高潮は五層の天守閣をすっぽり覆い尽くす高さだったのだ。

「皆、苦労しておるであろうな」

隼人がぽつりと言うと、新左衛門がその肩に手を添えた。

「まあ、国許は我らでどうとでもする。おぬしは案ずるな」

慶勝は微笑んだ。二年も前の大砲談義を続けることさえなければ、新左衛門は勇ましい秀でた侍なのだ。体中に熱がみなぎっている、それこそ砲門のような男だから、つい慶勝も暑苦しくなってしまうだけだ。

そのとき庭の端の枝折り戸が開いて容保が入って来た。

真っ先に新左衛門が気がついて、いきなり涙を溢れさせた。

「ややや、銈之丞《けいのじょう》様！　これはなんと、お懐かしい」

慶勝のそばで声を張り上げ、枝折り戸のほうへ飛んで行く。

容保もその髭ですぐ誰か思い出したようだった。およそ冗談でも人をくさすことのない容保は遠目にも朗らかに微笑んでいる。

目の前で手をついた新左衛門に容保が笑って何か話しかけている。新左衛門はうんうんとうなずいて涙を拭い、枝折り戸から出て行った。

「容保」

容保は笑って頭を下げながらこちらへ歩いて来た。

「新左衛門、私は何年ぶりだったでしょうか。髭も声も、前と同じですね」

「唾をまき散らして大声で話すところも変わらぬわ」

「私はここまで馬で参りました。新左衛門に世話を頼みましたが、よろしゅうございましたか」

慶勝は笑って隼人とうなずき合った。さすがに容保は機微が分かっている。

「助かったぞ。あれは話し出すと止まらんのでな」

「兄上にお目にかかれば思いの丈が溢れるのでございましょう。私の馬の名まで覚えてくれておりました。疾風《はやて》も喜びましょう」

容保は空いた新左衛門の床几《しょうぎ》に静かに腰を下ろした。

近ごろでは慶勝は、この弟には会うたびに何か身をもって教えられているような気がした。歳は十一も下で、体も並よりは華奢《きゃしゃ》で、微熱で長々と臥《ふ》せっていることもある。それなのになぜか貫禄があり、つねに泰然としているのだ。

慶勝は弟たちは皆同じように可愛いが、容保ばかりは時折、弟という気がしなかった。

「私が門の外で馬を降りたときから、一人だけ声が聞こえておりました。風向きもありましょうが、あの者の声は昔からよく通りますね」

「彼奴は声が悪いのよ」

すると容保は優しく目を細めた。

「大砲に負けじと声を張り上げますゆえ、鍛錬の賜物でございますね」

隼人が思わず感じ入ったように頭を下げた。

「何か厄介なお話をなさっておいでででしたか」

「いや。隼人が尾張の藩訓を教わっておった」

慶勝がからかうと、隼人は恥ずかしそうにうつむいた。

「尾張の藩訓とは、私も伺いとうございます」

「なに、格別のこともない。第一は公儀御法度を遵守いたすこと。だが第一の前に、藩祖義直公よりの遺命がある」

「殿」

隼人が制したが、容保にならかまわない。

「帝のご命令をこそ重んぜよとな」

「それは……。義直公が、帝の命をと」

容保はじっと耳を傾けた。

「会津は知れ渡っておるな。やはり藩祖、保科正之公がお遺しになったのであろう」

容保が顔を輝かせてうなずいた。

「大君の義、一心大切に忠勤を存すべく、列国の例をもって自ら処《お》るべからず。もし二心を懐《いだ》かば、我が子孫にあらず。面々決して従うべからず」

慶勝はしばらく容保の声に聞き惚れていた。きっと保科公もこんな清らかな声だったのではないか。

「ふむ、さすがは保科公じゃ。宗家第一か」

「しかし烈《はげ》しゅうございますな。藩主が将軍家に刃向かうときは、家臣といえども従うなとは」

隼人が困惑したようにつぶやいた。

だがきっと尾張の付家老二家も似たような家訓を隠しているのに違いない。将軍家に逆らう藩主であれば注進せよとでもいうのだろうが、藩主自らが藩士に心得として説くのとはやはり成り立ちの厳しさが違う。

「会津の者はそれで二百年も来たのだな。もう骨の髄まで染みついておろう。これは容保も心せねばなるまい」

「はい。私も素晴らしい家訓をいただいたと思っております」

容保は澄んだ目を嬉しそうにまばたいている。

とはいえ列国の例をもって処すなとは、なんとも不吉な気がした。会津はどんなときもただ一人、矢面に立って将軍家を守るのだ。

なぜか慶勝はふと、保科公の言葉は将軍家が滅びるときのために書かれたのではないかと思った。そしてその滅びるときとは、これから慶勝や容保たちが歩く道のすぐ先にあるのではないだろうか。

慶勝はあわてて頭を振った。将軍家が滅びることなどあるはずがない。

そのとき高々とした鳥の鳴き声がした。

「ああ、せきれいでございますね。兄上、あの堀端におるようです」

容保が明るい顔で指をさした。

海に流れ込む間際の壕に、尾の長い、白地に黒の羽をした鳥がつがいでいる。

「兄上。私も生涯、会津の家訓だけは何があろうと守らねばならぬと思い定めております」

「ああ、良いことだ」

本心ではそんなものはいつでも投げてしまえと言いたいが、わざわざ口に出すまでもない。たとえ尾張が改易になろうと、江戸の宗家が滅びることはない。

容保は心地よさそうに海風に吹かれて浜御殿の庭を眺めている。

「わが会津は隣の米沢藩と深い縁で結ばれております。なぜと申せば、かつて米沢に継嗣がなく、お取り潰しもやむなしという折に、保科公が幕閣に必死で嘆願なさったからでございます」

慶勝はうなずいた。会津と米沢の縁ならば慶勝のほうが裏の経緯まで知っている。

そうだ、家訓にもまつわることだから、いつか容保には話してやろう。容保ならどれほど喜んで目を輝かせるだろうか。

「兄上。私はそんな米沢の思いにも応えられる会津藩を作ろうと思います。そのためにはまず会津を豊かな国にしなければなりません」

そのとき慶勝はようやく、今日この別邸まで容保がやって来た理由に思い至った。

「そうか、容保。そなた、ついに祝言を挙げるか」

やはり容保はぱっと顔をほころばせた。

容保が会津藩主のただ一人の姫を娶って養子になったとき、当の姫はまだ四歳だった。それからの十年のあいだに養父が死に、容保は藩主を継いだが婚儀はまだだった。

慶勝は堀端のせきれいに目をやった。

容保は江戸城の老中たちに教練を見せたことがある。それは凛々《りり》しかったが、あのとき容保はまだ二十歳で、若い華奢な背が、兄にとっては痛々しく思えたものだ。

どれほど守ってやりたくても、もう慶勝は一人で歩いて行かせるしかない。その弟が、ついにともに歩く妻を迎えるのだ。

「そなたが教練の指揮を取ったことは忘れられぬ。なんという美しさじゃと申して涙を浮かべておったのが、まるで昨日のことのようだ」

青い空にせきれいが飛び立つのを見て、慶勝は胸が熱くなった。

あの教練の日、これと同じ青い空に向かって日の丸の旗がするするとマストを昇って行った。幕府が日の丸を日本の旗として定め、慶勝はあのとき初めて空にはためく日本の旗を見た。

――これから日本の船はすべてこの旗を掲げるのでございますね。会津もなく尾張もなく、日本は一つの国だということですね。

空にはためく日本の旗はあまりにも美しかった。ときに命を賭けても惜しくはないと思わせるほどに、厳として神々しい。

あのとき容保が漏らした感嘆の声は慶勝のものでもあった。

「兄上、私がそのようなことを申しましたか」

容保がきょとんとして慶勝を見返した。

「たしかに敏姫は整った顔だちをしておりますが、まだ幼い上に病弱で」

真剣に首をかしげている。

「美しいというより、愛らしい、だろうな」

ついに慶勝は吹き出した。容保こそ、まだほんの少年だ。

「殿」

隼人が制したが、慶勝は笑いが止まらなくなった。

「兄上？」

「いや、何でもない。さあ、帰るとするか」

隼人は逃げるように馬を用意しに駆けて行く。

「その前に、一つ伺いたいことがございます。陸兄上のことですが」

「陸ノ介の。何だ？」

「なぜ陸兄上ではなく、私が会津の養子になったのでございますか」

容保が真剣な眼差しで慶勝を見ていた。

「そなた、敏姫に不服か」

「いいえ、そうではございません。ですが歳も三つしか違わず、陸兄上はあのように文武に優れた御方です。だというのに、なぜ私が先に養子に出たのですか。どこか他に決まっておられるのかと考えていましたが、結局そのようなこともございませんでした」

この弟には、澪がいたからだと話を逸らすことはできない。

「容保」

「はい」

「兄弟でも、知らずともよいことがある。このことは誰にも尋ねてはならぬ。父上にもな」

慶勝は足を早めた。海風が今も心地よく吹き抜けていた。

「澪様は、洗い物はそろそろ加祢の免許皆伝でございます」

松の木の前で盥の水を流し終えると、加祢はそう言って大きくうなずいた。朝餉《あさげ》の支度をしに、急いで台所へ戻るときだった。

加祢は縁側に目をやって、そっと肩を寄せて声を落とした。

「あのお客様は本当に朝が遅いですね。そのせいで陸ノ介様まですっかり寝坊されるようになって。質の悪い浪人者ではございませんでしょうね」

「それは大丈夫でしょう。陸ノ介様が大切なご友人だとおっしゃったんですもの」

澪は自信たっぷりに微笑んだ。今日も江戸の空は青く澄んでいる。

先日、慶勝の使いで京へ上っていた陸ノ介は、若い侍を一人連れて帰って来た。福井の医者だということで、それはもう明るく笑うので、澪は一目で好きになった。

蟹《かに》の甲羅に子供がいたずら描きで目鼻をつけたような顔をして、笑うとすぐ頬が真っ赤になる。歳は陸ノ介より二つ下の二十三だそうで、宿所を持たぬわりには身なりもきちんとしていた。

ただ毎日どこへ行くのか、昼前にようやく起き出したかと思うと、陸ノ介と語らってそのまま夜半過ぎまで帰って来ない。このところ攘夷、攘夷と町が騒がしいので、加祢は陸ノ介を案じるあまりに、少しばかりその侍を恨みに思っているようだ。

侍の名は橋本左内《さない》といって、福井藩主、松平春嶽の腹心なのだという。江戸の藩邸に入るつもりだったが、陸ノ介と話もあるし町にも気安く出たい。それで江戸にいるあいだはここで暮らすことにしてしまったのだ。

左内は外で用のない日は、あの赤ら顔に親しみの湧く笑みを浮かべて膏薬をこねている。加祢が腰を痛がっていると知ってから、湿布薬を作っては手ずから貼ってやることもある。だから加祢は本当は左内が大好きで、出歩かれて心配なぶん不満になって口から出てしまうようだ。

「澪様。ほら、噂をすれば何とやら」

加祢がまた肩を寄せてきた。縁側でごとごとと音がして障子が開いた。

中から左内がぬっと寝ぼけ顔を突き出し、やはり蟹のように横歩きをして残りの障子も開け放った。

「ああ、澪殿、加祢殿。おはようございます」

「左内さん、もうお天道様はあんなところにおいでてでございますよ」

加祢が明るい声で東の空を指す。

左内は欠伸《あくび》をしながらそちらを見上げて、元気よく柏手を打った。

「全く、昨晩はいつお戻りになったのですか。くれぐれも浪人者に見間違われるようなお振る舞いはお止めになってくださいまし」

「これは、心配をおかけしました。ですが世の中には酒を呑まねばならぬことも多い。容保公のご婚儀に、上様の御台様お輿入れ。私はもう愉快でたまらんのですよ」

この十一月、将軍家定のもとへ薩摩の斉彬公の姫が嫁いで来た。目がくらむような豪華な嫁入りで、渋谷の薩摩藩邸から出立した行列は江戸城に入ってもまだ最後尾が藩邸の門を出ていなかった。左内でなくても、加祢も澪も、江戸の者は皆、久しぶりに心が浮き立ったのだ。

「ふう、腹がすいて目が覚めました。どれ、陸ノ介さんを起こして、一緒に朝餉にしていただこうかな」

「まあ。うちの旦那様はもうとっくに道場の朝稽古に行っておられますよ」

加祢は縁側のそばまで行って、腰に手を当てて反《そ》りくり返った。

「なんと。昨夜は私と同じ刻限まで呑んでおられたのになあ。どうも陸ノ介さんとは性根が違うらしい」

「春嶽様の一の家臣様が何をおっしゃっているんです。しゃんとなさってくださいまし」

加祢はぷんと頬をふくらませて手水を取りに行った。まるで母が子を叱っているようだ。

「左内殿は加祢に甘えているんだな」

声に振り返ると陸ノ介が立っていた。首に手ぬぐいを掛けて、よく汗をかいている。

「ああ、お戻りなさいませ。すぐ朝餉の支度をいたします。少し左内様とお待ちになっていてください」

陸ノ介は明るく微笑んだ。

「澪もすっかり一人前になったのだな。料理も加祢の免許皆伝か」

「そちらはまだ全くだそうでございます」

二人で笑い合って、澪は台所へ急いだ。

加祢は左内に替えの衣を渡してきたと言って嬉しそうに顔をほころばせた。左内がここで寝泊まりするようになってから縫い始めたもので、丈もちょうどだったという。

加祢が左内の世話を焼くのを見ていると、澪まで楽しくなってくる。

「昨日は陸ノ介様と、越前の松平様のお屋敷へいらしていたそうですよ」

「まあ、春嶽様の」

「本当に男の子というのはいけませんですねえ。加祢なぞを母君のようだと言ってくださるなら、少しは故郷へも帰って差し上げればよろしいのに。あんなご立派なお姿を見たら、母君様はきっとお泣きになりますよ」

そう言いながら加祢は目頭を押さえている。加祢に優しく接してくれるのも左内の好ましいところだ。

「福井へは今度はいつお帰りになるのか伺いましたらねえ」

「いつですって?」

「しばらく帰るつもりはないが、篤姫《あつひめ》様をごらんなさいと」

「篤姫様？　薩摩からいらした御台所様の？」

「左様でございますよ」

加祢はお玉を回す手を止めて、また腰に手を当てて背を反った。

「女は嫁に行けばもう生涯、親には会えない。日本のために女がそこまでするのに、男の自分が親の顔を見になど帰っておれますかと」

一息に言うと、加祢は乱暴に味噌汁をぐるぐるとかき混ぜた。のどかに話しながら朝餉を作る皆伝の道は、加祢もまだちょっと遠いようだ。

「左内さんはどうも、篤姫様のお輿入れにも関わっておいでのようですよ」

「え、まさか」

「いえ、本当なんでございますよ。ああ見えて左内さんは、島津の斉彬様にもお目にかかったことがあるそうです。どうも左内さんは、春嶽様と斉彬様の繋ぎ役をしておいでのような」

「まあ、そんなすごい方なの」

「ええ。それに春嶽様、斉彬様といえば慶勝様ともお親しいのでございましょう。ですから陸ノ介様が慶勝様のことをお伝えして、お二人が皆様の代わりに京へ上られたり、どこぞの藩邸へ出向いたりなさっているんですよ。ですからこの屋敷では夜な夜な、たいそうな談合がなされているんです」

「……加祢のお喋り好きも、そこまで知っているとは大したものだわ」

お見それいたしましたと、澪はふざけて頭を下げた。ひょっとすると半分くらいは加祢の言う通りなのかもしれない。

慶勝と春嶽はアメリカと和親条約が結ばれたとき、弱腰にすぎると言って幕府に詰問状を出している。それまで幕府は海防令で外国船を打ち払えと命じていたから、あまりにも節操がなかったのだ。

そのとき春嶽は、

――信義なくば、御威光もこれ限り。

老中に毅然と言い放ったそうで、さすがの慶勝も驚いていたらしい。

これまでも陸ノ介は大抵のことは澪が尋ねると教えてくれるし、女が政向きのことを聞きたがっても悪いことだとは言わない。

それは左内も同じで、これからは女も男に交じって国の将来を考えるべきだと言って、とくに加祢とはよく話をしている。

陸ノ介と左内は縁側で酒を呑むことも多いが、そんなとき澪が新しい徳利を持って行くと、きまって横に座るように勧めてくれた。二人とも我先に場所を詰めてくれるのだ。

「加祢が左内さんに聞いたところによりますとね。春嶽様の御家中は、開国か攘夷か、ずいぶんと割れているそうでございますよ」

「まあ、御家のことまでお話しになるの」

「そりゃあ加祢は口が堅《かと》うございますから」

加祢は得意そうに白い鬢を掻き上げてみせた。

たしかに加祢は町の噂ならば猫のねぐらの類までよく聞き集めているが、さすがに奥向き、政向きの話は外ではしない。

でもそれを早々と見極めている左内に、澪は少し感心した。澪など最初は、町での調子で澪たちのことを尾張藩邸に注進に行くかと冷や冷やしていたが、そんなことはきれいさっぱり一度もなかった。

加祢は鍋を火から下ろして、そっと澪に顔を近づけてきた。

「幕府は外国と交易を始めるつもりなんだそうでございます。そうすれば素晴らしい物がたくさん入って来て、たとえば医術だと、もう日本では手の施しようがない病も治せるそうでございますよ」

でもねえと加祢は声を落とした。

「本当はまたあんな黒船に湊へ入り込まれたら、とても幕府はいくさに勝てないんだそうでございます。ですからアメリカが言ってきたら、開国するより仕方がないんです」

困りましたねえと、加祢は憂い顔で唇をすぼめた。まるで老いた国士のようだ。

加祢は数えるようにゆっくりと指を折った。

「福井の春嶽様や左内さんは開国派。それから薩摩の斉彬様もです。ですが水戸の斉昭様は開国に猛反対だそうですよ」

「加祢はどうして、そんなにたくさん分かるようになったの」

澪は舌を巻いた。成瀬家にいた時分の加祢は、薩摩や福井がどこにあるかも知らなかったはずだ。そんな老女にいつの間にかここまで覚えさせて、左内というのはやはり並大抵の侍ではないようだ。

「黒船が来てから、町では開国の話でもちきりでございますよ。慶勝様や陸ノ介様はアメリカとの交易をどうお考えなんでしょうか」

「私は聞いたことがないわ。でも陸ノ介様はきっと慶勝様と同じでしょう。慶勝様を心底敬っていらっしゃるから」

「左様でございますねえ」

　陸ノ介と慶勝の仲は、高須と尾張に似ている。高須藩はこれまでもこれからも、何があろうと宗藩と行動を共にする。

　だが澪は近いうちに何かが大きく動き出すような予感がした。そしてそれにつれて、加祢や澪の望む穏やかな暮らしは遠ざかっていくような気がする。

「さてと。お喋りをするとすっかり手が止まるわね」

　本当ですねと加祢も笑って肩をすくめた。

　そろそろ米が炊き上がる。

「ですが、澪様。機会があれば澪様にはお話ししてほしいと左内さんに頼まれたんでございますよ。陸ノ介様はこちらが聞かなければ何もおっしゃいませんし、澪様もあまりお尋ねにはなりませんでしょう。あれで出ずっ張りではさぞ心配なさっているはずだと左内さんが。あの方は細かいところにまでお気がつかれるようですねえ」

　加祢は左内を褒めるのも貶《けな》すのも母親のようだ。

「じゃあ今夜はたくさん酒肴をこしらえて、二人でお話に加えていただきましょうか」

「まあ、いいですねえ。澪様、何を作りましょう」

「その前に朝餉を用意してしまわないと」

　澪が加祢と笑ったとき、庭先で鳥たちが明るくさえずった。

二

前に座った左内はなんとも温かみのある笑みを浮かべている。慶勝はそれを見ているだけでも、春嶽が信頼してそばに置く理由が分かるような気がした。

ともにやって来た陸ノ介は、これもまた常のことで、容保に似た優しい面差しでこちらを静かに見返している。陸ノ介の笑顔には、どんな慶勝の迷いも理解してくれているという安心感がある。

「如何《いかが》でございましょうか。慶勝様にもご同意いただけましたら、わが主、春嶽公も、薩摩の斉彬公もどれほど力強うございますことか」

左内たちは水戸の慶喜を将軍継嗣にしようと動き始めていた。日米和親条約が結ばれてからというもの、ほんの数年で世情は開国と攘夷に分かれて大きく揺れている。国難といってもいいこの事態に、賢君の誉れ高い慶喜をおいて将軍が務まる者はないというのが春嶽たちの考えだった。

慶勝はまずはじっくりとうなずいて傍らの隼人に目をやった。

「左内殿。尾張藩には昔から際どい御家の事情がござる。すなわち、将軍職を簒奪《さんだつ》する肚《はら》とつねに疑われておるのでござる。家臣としては、殿に次の将軍について云々《うんぬん》していただくわけにはまいりませぬ」

隼人がきっぱりと首を振り、慶勝も目顔でうなずいた。

「聞いての通りだ。次の将軍職などに口を出せば、まずは私がこの付家老どもに藩主の座を追われる」

「殿。そのような淋しいことを申されますな」

どちらも半ば本気なので、左内と陸ノ介も微笑んだ。

だが正直なところ慶勝には慶喜が、左内や春嶽たちが買うほどの人物とは思えなかった。

「私にはよく分からぬのだがな、左内。春嶽殿も斉彬殿もこのまま開国を進めたいのであろう。ならば水戸の父子はかえって邪魔になるのではないか」

斉昭も慶喜も開国には異を唱えている。

「いえ。今は開国に反対でも、あのお二方ならば、外様の申し条にも耳を傾けてくださいます」

十三代家定の手前、大っぴらなことはできないが、今、次の将軍は紀州の家茂《いえもち》か、水戸の慶喜かと囁《ささや》かれていた。彦根の井伊直弼たち譜代大名はこぞって家茂を推し、薩摩の斉彬たちは慶喜だった。

「家茂様はまだ御年十二歳。幼君を譜代大名たちが囲うてしまえば、外様など一斉に弾き飛ばされてしまいます」

「つまり消去の法で将軍を選ぶのか」

「しかし、そうでもしなければ外様が口を差し挟む余地は完全になくなります」

「まあよい。だがあの父子は結局、朝廷の言いなりだぞ」

水戸の立て板水は、領国では寺を迫害するほど神道を奉っている。帝が命じるままに、ろくに届きもしない大砲で外国船に撃ちかかるといえば、家茂よりも慶喜のほうだ。

「真に開国を望むなら、やはり家茂殿を推すほうが近道だと思うがな」

「ですがそれは幕府のみの開国でございます」

「そうとはならぬであろう。福井にも良い湊がある」

だが左内は顰《しか》め面で首を振った。

「これまでのように譜代のみが政を司るのであれば、薩摩は無論、福井の意志でさえ一顧だにしていただけません」

左内たちにこれほど熱が入るのも無理はなかった。ほんの十年ほど前なら、幕府は政に一切、誰の口も挟ませなかったのだ。

それが今では事あるごとに下問を受け、意見書を出すことも許されている。左内たちにとってみれば、日本という国の先行きを考えても、幕府での福井の立ち位置を考えても、ここまで門戸が開かれてきた幕府の政を旧来に復することは避けたいのだろう。

「左内殿。なににせよ尾張がお世継ぎ様について申し上げるわけにはまいらぬ」

隼人が重ねて言うと、左内もついにはうなずいた。

「では家茂様を推されることもございませんでしょうか」

「申すまでもない。尾張が紀州に力添えをするなどあり得ぬ」

尾張は三代も紀州系の藩主が続き、慶勝でようやく高須に戻すことができたのだ。

「まあ、隼人の成瀬家は分からぬがな」

「殿、どうかもうお許しくださいませ」

隼人が悲鳴に近い声を上げ、真っ先に陸ノ介が笑い出した。陸ノ介はいつも慶勝を一番よく分かってくれている。

慶勝は座り直して左内のほうへ身を乗り出した。

「しかし春嶽殿は、あざやかに藩を開国派ばかりになされた。一体どのような手を使われたのか、教えを賜りたいものだ」

「それこそ、わが殿の強いご意志の賜物でございます」

左内は即答した。

「春嶽殿の、ご意志か」

「はい。理屈を説く力、それを信じさせる熱、無私のお姿、そして貫き通すというご覚悟。そのどれもが、殿が強い志をお持ちあそばして初めて実を結びます。畏れながら、慶勝様にはそのご意志がございませぬ」

左内は臆することもなく顔を上げていた。

左内が去った後も座敷には清々しい余韻が残り、慶勝たちはしばらく心地よく呆然としていた。

やがて陸ノ介が立ち上がった。

「帰るか」

「はい。すっかり長居をいたしました」

陸ノ介の笑顔はいい。顔も背恰好も容保とよく似ているが、この二人の弟はどこか慶勝とは別次元に暮らしているようだ。

「陸ノ介」

「何でございましょうか」

「そなたは今の生き方でかまわぬのか」

陸ノ介は黙って微笑んだ。

「陸ノ介……」

「兄上。斉彬公は、攘夷など無謀の大和魂じゃと申されたそうでございますな。品川湊に台場を造り、江戸城を守ったとて、外国船にはどこから攻められるか見当もつきませぬ。しかも外国相手では、勝ったとしても諸侯の禄は一石も増えぬ。となれば、幕府の支配も揺らぐのではございませんか」

陸ノ介はいつも慶勝の理解者で、ときに慶勝の代弁者だ。幕府などという儚《はかな》いものが作り上げた枠の中で、縛られて生きていくのは愚かなことなのかもしれない。

座敷を出て行く陸ノ介に、隼人は深々と頭を下げていた。

「陸ノ介様は市ヶ谷の道場でも抜きん出たお腕前にて、師範の近藤勇《いさみ》も一目置いておるそうでございます」

「さもあろうな」

「やはりご身分を取り沙汰する者もありますが、陸ノ介様は尾張家中とさえも仰せにならず」

「…………」

「ただ、おのずと押し出しがおありでございますゆえ」

隼人はまっすぐに慶勝を見ていた。

「そのほう、なぜ陸ノ介の事情を知っておる」

「……それが幕府の送り込んだ付家老というものでございます」

「あれの母のことは」

「もちろん存じ上げませぬ。早うにお亡くなりあそばしたことは聞いておりますが」

慶勝もまだ少年だったのでよくは覚えていない。だが凛《りん》として潔い、透き通るように美しい人だった。

——殿。子を授かったようでございます。

陸ノ介の母の弾んだ声は、今も慶勝の耳にしっかりと残っている。喜びに涙ぐんで、義建も幾度、でかしたと繰り返していただろう。

なぜそんな二人を慶勝が垣間見ることになったのか。きっと廊下の端にでもいたのだろうが、そのときの二人を見ることができた偶然だけは、慶勝は今も有難かったと思っている。

たぶん人が思うよりずっと、神仏はうまくものを計らっている。陸ノ介のことも、幕府が矢防ぎになっている日本のことも。

「さて、あの立て板水は将軍になるかのう」

「どうでございましょう。実のところ、殿が慶喜様を推されても、いっこうにかまわぬと存じますが」

慶勝はにやりとして隼人を見た。この隼人もいつからか、慶勝が安心して思いを打ち明けられる家士になった。

隼人はそれに応えるような目で慶勝を見た。

「どのみち尾張は、幕府にはずっと睨まれておるのでございます。我ら尾張はこの難儀なときに、これ以上はないという主に恵まれました」

隼人は今年二十三になり、成瀬の家督を継いでいた。紀州系でない藩主にのみ仕える巡り合わせになった、尾張では久しぶりの付家老だった。

三

澪は縁側に膳を出して陸ノ介とゆっくり昼餉をとっていた。物干しにしている松の木に桜の花びらがところどころ付いていたから、あとで箒で落とそうとぼんやり考えていたところだった。

ふいに廊下を乱暴に踏みしめる足音が聞こえてきて、振り返ると兄の隼人が突っ立っていた。

「そなた、なんと、並んで昼餉など頂戴しておるのか」

陸ノ介がくすりと笑った。

「並んで食べるのが当家流だ。隼人も座れ。その顔では昼餉もまだのようだな」

澪は陸ノ介にうなずいて、加祢に用意を頼みに行った。

戻ると隼人は難しい顔をして澪のいたところに座っていた。ここでは陸ノ介がたいてい澪にまで話を聞かせるので、兄はむくれている。

「殿にお伝えするように申しつかって参りました」

やはり陸ノ介は人払いせず、穏やかな顔で澪の座る場所を空けた。

隼人はつっけんどんに口を開いた。

「此度、彦根の井伊直弼殿が大老に就任なされました」

「大老か。それでは老中は何も口出しできぬようになるな」

昨年、次の将軍継嗣が紀伊の家茂に内定していた。水戸の斉昭や薩摩の斉彬を重用してきた老中の阿部正弘も亡くなったので、これからはまた幕府の譜代のみが政を行う世に戻るのだ。

だが幕府そのものは開国に向けて舵を切っていく。それは開明的だった阿部がいた時分からのことだから、井伊の手によって大きく推し進められるだろう。

「ただ御大老は、諸侯からの意見は募られる由。慶勝様もまた意見書を出すと仰せでございました」

「井伊が握りつぶすだけのことであろう。意見書などと申して、幕府が同じ考えの者を選び出す方便にすぎぬ」

陸ノ介は冷たく言い捨てた。

隼人は困ったように目をしばたたいている。

「幕府はどうやら修好条約を結ぶ肚のようでございます」

「それは兄上も反対であろうな」

「はい。水戸の斉昭様もさぞやと存じます」

隼人は膳を眺めて箸を伸ばし始めた。

「これで斉彬様が願うておられた挙国一致も頓挫いたしましょう。薩摩はあれほどの蒸気船も軍艦も建造しておりますものを、殿も惜しいことじゃと仰せでございました」

反射炉も溶鉱炉も、斉彬が半生を賭けて移入してきたものだ。西洋の工業力は間違いなくこれからの日本が頼みにしなければならないものの一つだが、薩摩は斉彬のおかげで幕府よりも先んじている。

そのときふいに陸ノ介が笑い出した。

「隼人、悪いが私は薩摩までは行けぬぞ」

澪は仰天したが、隼人があわてて顔の前で大きく手のひらを振った。

「さすがにそのような遠方ではございませぬ。当面、雄藩連合も成りませぬ。さすれば京でございます」

「京……。公武一和か」

「左様にございます」

慶勝や春嶽、斉彬たちが考えてきたことは挙国一致のほかにもう一つ、公武合体があった。家定の次の将軍、家茂の御台所に皇女を迎え、開国幕府と攘夷朝廷の仲を強固に結ぶのだ。

幕府にも開国を拒む者があるように、朝廷にもわずかだが開国を是とする者はある。それがこのところは朝廷すなわち攘夷だと一括りにして幕府との対立を煽《あお》る向きや、さらには、けしからぬ幕府を倒せと叫ぶ声まで出始めている。それらを抑える恰好の手が皇女の降嫁なのだ。

「幕府は先般、条約勅許を得るために老中を参内させました。ですが帝は攘夷と仰せになるばかりで、取り合ってくださいませぬ」

隼人は力なく首を振り、陸ノ介はいたわるように眺めている。帝の許しが出なければ外国を打ち払わねばならないが、はたして幕府にそんな力があるだろうか。

隼人はためらいがちに顔を上げた。

「実は先日、それがしは春嶽公にお目にかかったのでございますが」

もしも幕府が今のまま外国と交易を始めるなら、慶勝は斉昭ともども反対すると伝えたときだった。

——それは付家老の道ではあるまい。

春嶽に静かに叱りつけられ、隼人はどうしていいか分からなくなった。

諫言《かんげん》を聞き入れない主君には涙をしのんで従うのが家臣の道だが、幕府に配された付家老はそれだけでは足りない。徳川家のために藩主を替えてでも幕府に尽くしきるのが、隼人たち付家老の職分だと諭されたのだという。

「幕府に抗議書を出すと仰せになる慶勝様を止めもせず、それで付家老と言えるのかと。ですが慶勝様をおいて藩主に望む御方など、もはや成瀬にも竹腰にもおりませぬ」

しばらく黙っていた陸ノ介だが、眉をひと掻きして口を開いた。

「春嶽公はまた巧みな仰せだな。あの御方は、交易に反対なさっている兄上ゆえ、お止めせよというのだろう。ならば隼人が諫言する必要はない」

ああ、と隼人が手を打った。

「たしかに左様でございますな。幕府との兼ね合いでお諫《いさ》めするのではなく、交易反対をお諫めすることになるのですな」

「そうだ。なにより、そなたはもはや兄上と真の主従ではないか」

隼人は即座にうなずいた。隼人にとって成瀬家が幕府に配された経緯など、もうとうに頭から消えている。

陸ノ介が微笑んだ。

「ならばこのような時代だ。兄上のご意志に添って、腹心として働くことこそ、隼人の義であろう」

「殿のご意志に……」

隼人は唇を噛みしめた。

「今に、宗家だ尾張だと申してはおられぬ日が来る。兄上はそれをよくご存知だ」

このところ陸ノ介がよく話すのは、朝廷が急に力を増してきたということだ。

幕府の権力はもともと帝が大政を任せているからにすぎず、大もとの幕府は張りぼてなのだ。幕府が今のように朝廷の勅許を得ようとし、それに手こずれば手こずるだけ、朝廷ばかりが敬われるようになっていく。

だがそれから間もなく、幕府はアメリカと修好通商条約を結んだ。そしてそれを知った慶勝は斉昭ともども登城して大老をなじったという。

「兄上がお怒りになったのももっともだ。朝廷の許しも得ずに交易とは。下手をすれば幕府は倒れるぞ」

陸ノ介からそう聞いたとき、澪はあまりに驚いてしばらく口もきけなかった。陸ノ介は大げさな物言いはしないので、よけいに恐ろしかった。

「それは徳川家が滅びるということですか」

澪は微笑んだつもりだったが、自分でも頬がこわばっているのに気づいた。

「どうして勅許を得られなかったぐらいで幕府が倒れるのですか。和親条約のときも帝のお許しはありませんでしたのに」

「前は幕府が、朝廷を歯牙にもかけなかったのだ。それが今度は、いくら頭を下げても朝廷に振り向いてもらえなかった。誰が見ても幕府の威光は形無しではないか」

澪は呆然と立ちすくんでいた。

もう間違いなく何かが起こる。今まででこでも動かなかった大きな荷車が、自然と坂道を下り始めているのである。

陸ノ介は長いあいだ縁側に座って、松の木に渡した物干し竿をぼんやりと眺めていた。

どこへ行っていたのか、左内が久しぶりに帰って来たのは、澪と加祢が裏庭でししゃもを炙《あぶ》っていたときだった。

秋が深まり、庭の古い銀杏《いちょう》は黄金色に輝いていた。楓《かえで》の木は紅葉し始めたばかりで、赤く染まった枝先を内側の緑がまばゆく光らせていた。

左内は上がり框《がまち》に荷を置くと、何か懐に持って七輪のそばへやって来た。

「陸ノ介さんはおられぬのですか。これできゅっとやれば旨《うま》いんだがなあ」

手で猪口《ちょこ》を傾ける仕草をしながら、左内は残念そうに笑った。いつもと同じ明るい笑顔で、澪と加祢は、左内が大きなことを抱えているとは夢にも思わなかった。

「品川の一つ先まで、薩摩のお客様を送って行くと申しておりました」

「ですからきっと三島の辺りまで行っておしまいになりますよ。帰っておみえになるのは明日か明後日でしょうねえ、澪様」

加祢は左内の姿を見ると途端に機嫌が良い。瘦せた魚を菜箸で転がすのも忙しくなっている。

「加祢殿には土産があるのですよ」

そう言って左内は懐に手を突っ込んだ。

「良い物を見つけたんですよ。故郷の母にはなかなか渡すときもありません。今年は加祢殿に孝行して、母にしたつもりにならせてもらうことにしました」

加祢は驚いて手を止めた。

温かそうな、刺し子で覆われた底の厚い足袋《たび》だった。

「まあ、母君様の代わりに私なぞが？」

みるみる加祢の目に涙がこみ上げた。

「澪様。どうしましょう。まあまあ、こんな上等な白足袋を」

「加祢殿が履いてくだされば、私も母に渡したつもりになれて満足ですよ」

左内はまるで遊山にでも行って来たように潑剌《はつらつ》として、顔はしばらく見ないあいだにさらに赤黒く灼《や》けていた。

「本当に、よく帰って来てくださいました。陸ノ介様もお出かけになってばかりですし、こんなお婆さんと二人では、澪様も心細くていらっしゃるでしょう」

加祢は足袋に頰ずりしている。

左内はそんな加祢を心底嬉しそうに眺めている。

「それで、陸ノ介さんはどなたを送って行かれたんですか」

「薩摩藩士の西郷吉之助《きちのすけ》さんとおっしゃいましたですかねえ。江戸へ来られたばかりだったらしゅうございますけれど」

加祢がちらりと澪を振り向いた。名を出して良かっただろうかと確かめる顔だが、前にここへも連れて来たくらいだからかまわない。

「そうか、西郷さんを」

「左内様もご存知の御方ですか」

「ええ。尊攘派の取り締まりが厳しくなったから、帰ることにしたんだな」

左内は七輪の脇にしゃがむと、慣れた手つきで魚を転がすのを手伝った。

「本当に、西郷さんはお気の毒でございましたねえ」

加祢がしみじみとつぶやいた。

西郷はここには幾度か立ち寄っただけだが、江戸へは斉彬から何かを託されて来たという。ところが全く思いがけなく斉彬が亡くなったので、急いで帰ることになったのだ。

西郷というのは眉の太い、よく肥えた丸い体をしていたが、どこか人を惹きつける力があって、澪と加祢はろくに口もきかないうちから好きになっていた。それがあまりに悲しげに出立したので、最後は声もかけられなかった。

「なんとも矢継ぎ早にいろいろなことが起こりすぎて、加祢なんぞはもう、ついていかれませんよ」

「加祢殿がそんなことを仰せになっては困りますなあ。今でもこの辺りでは一番の早耳でいらっしゃいましょう」

左内が明るくからかって、加祢も久しぶりに楽しそうにしている。

だが次の将軍が家茂になると決まってから、加祢の言う通り、江戸では目まぐるしくさまざまなことが変わっていった。

幕府が勝手に外国と通商条約を結び、加祢は屋敷の外へ出るたび、皆が幕府を悪し様に話すのを聞いてきた。

そして大老に条約締結を抗議した慶勝たちは幕府から厳しい処罰を受けた。慶勝は戸山の別邸に謹慎となり、春嶽ともども隠居させられてしまったのだ。もちろん、すでに退隠していた水戸の斉昭も同時に謹慎させられている。

澪はつい考え込んでしまう毎日で、またぼんやりと手が止まっていた。慶勝はまだ三十五、これからというときに藩主の座を下ろされて、弟の茂徳が新しい藩主になった。

それとともに澪の兄も謹慎し、藩政は国許家老の竹腰兵部《ひょうぶ》が茂徳を補佐して取り仕切ることになった。いつからか尾張の付家老は江戸にいる成瀬家が尊皇攘夷派、国許の竹腰家が佐幕攘夷派とはっきりと分けて考えられていた。

だが攘夷と開国はたしかに正反対だが、尊皇と佐幕は必ずしも対立しない。日本に尊皇でない大名家はないし、幕府に逆らう公家も侍もいない。

それなのにこのところの幕府は損な役回りばかりのようだ。すべては大老が勝手に通商条約を結んだからで、幕府内でも尊皇と佐幕が、攘夷と開国が、激しくせめぎ合いを始めている。

「左内さん。京で尊攘派のお侍たちが捕縛されたというのは真実でございますか」

横で加祢が尋ねたので澪も我に返った。目の前のししゃもが煙を上げていて、あわてて菜箸を動かした。

「左内さんもよく京へは行かれますでしょう。お気をつけになりませんと」

「私のような小者はどうということはありませんよ。ですが京は荒れてまいりました」

「荒れる?」

澪は網から目を離さないようにしながら尋ねた。

「斉昭公たちを謹慎にしたこと。勝手に通商条約を結んだこと。どちらも朝廷は怒り心頭ですからね」

「帝がお怒りになるなんて。さぞ上様もご心痛でございましょうね、澪様」

人のよい加祢は心から案じて千代田の御城を見上げている。だがあの御城に変わったところなど何もない。

「これから尊攘派の取り締まりはもっと厳しくなるんでしょうか」

「うーん、幕府が捕縛しているのは、尊攘を隠れ蓑に倒幕を目論《もくろ》んでいる輩ですよ。先だって水戸藩は勅諚《ちょくじょう》をいただきましたが、それだってすぐ幕府にも下されました。なにも密勅なんかじゃないのに大層な騒ぎだ」

加祢は足袋を大切に懐にしまい込んで、熱心に左内の話に耳を傾けている。それで菜箸がちゃんと動いているのが澪とは違うところだ。

「そりゃあ幕府にしたら水戸藩のほうが先だったのは面白くないかもしれないが、たまには幕府もお叱りを受けていただかなければ」

左内はぺろりと舌を出してみせた。

「でも水戸藩は大変だと聞きましたですよ」

「密勅には、斉昭公の処分を取り消せと書いてありましたからね。カッとする奴は幕府にも水戸にもいますよ」

澪と加祢は顔を見合わせた。どっちもどっち、あいこで済ませるわけにはいかないのだろうか。

「そもそも倒幕を御三家が画策するなんてあり得んのですよ。ふだんなら、屹度《きっと》叱《しか》りおく、畏《かしこ》まって候《そうろう》、で終《しま》いなんだがなあ」

左内は大げさに両手をついて頭を下げてみせる。

「何にしても水戸様は、次の将軍様のことではお悔しいでしょうからねえ」

加祢は涼しい顔で左内の渡した皿に焦げたししゃもをつまみ上げている。

「いやあ、まったく加祢殿は大した婆様ですよ」

「あれ、お恥ずかしい。澪様、さあもう中へ入りましょうか。左内さんも」

加祢はあわてて腰を上げ、どたどたと台所のほうへ走って行く。その胸が嬉しそうに左内の足袋でふくらんでいる。

「左内様、ありがとうございます。加祢は本当に左内様がいらしてくださると腰が痛いのも吹き飛ぶようですね」

「いいえ、私のほうこそ嬉しいのですよ。故郷の母には何もしてやれませんので」

左内は優しく加祢を見送って目尻を下げている。

「早く今のような騒がしい世が落ち着いて、左内様も福井に帰れる日が来るといいですね。でもそのときは加祢が寂しがりますけれど」

「いやいや、そのうち諸国を自由に行き来できる世が来ますよ。そうだ、加祢殿にもいつか私の故郷を見ていただきましょう。今に堅苦しい参勤交代もなくなって、皆が好きなとき、好きな場所へ行けるようになる」

左内は気持ちよさそうに伸びをした。

「陸さんのことだ、西郷さんとは話が弾んで、沼津の辺りまで行ってしまうかもしれないなあ」

澪も微笑んだ。西郷のことはずいぶん案じていたから、そうかもしれない。

「左内様。陸ノ介様が、そのうち攘夷は国是になるとおっしゃっていたのです。私にはその意味がもう一つよく分からないのですが」

幕府は開国を進めている。それなのに、なぜ逆の攘夷が国是になるのだろう。

「それは今後の幕府次第なんですよ。もう今となっては、条約には必ず勅許をいただかなければならない。それは分かりますか」

澪はうなずいた。幕府が勅許を得ようと、朝廷に働きかけてしまったからだ。前のように朝廷を無視していればよかったのに、いったん頼んでしまったから後に引けなくなったのだ。

「幕府のせいで、皆が朝廷のことを思い出してしまったでしょう。そうなると朝廷は強いですよ。鎌倉幕府も足利幕府も、幕府は全部、帝に征夷大将軍に任じていただいて始まったんですから」

澪もそんなことはほんの数年前までは知らなかった。だが今では加祢と二人で家事をしながらでも朝廷の噂をしている。

「帝はお許しにならないが、日本は開国するしかありません。アメリカやフランスだけじゃない。ロシアも英国も、それこそ世界中の国が日本に開国を求めている。そのすべてがペルリの乗ってきたような軍艦を持っているんですよ。いくさを仕掛けられたら日本はおしまいです」

日本の軍事を司ってきただけに、幕府はそのことをよく分かっている。外国とはいくさをする術がないのだ。

「攘夷などと言って、敵《かな》いもしない相手に打ちかかっていくのは日本を滅ぼすだけですよ」

「だったらどうして攘夷が国是になるのですか」

国是というのは必ず果たすということだ。

「帝の仰せだからですよ。これまで誰にも頭を下げなかった幕府が初めて帝にお伺いをたて、そのとき帝は外国など打ち払えと仰せになった。もとから半分いた攘夷派は大喜びで迎合する。となると、残り半分の開国派としては、いつかは鎖国に戻すから今はとにかく勅許をくださいと頼むしかありません」

「とりあえずのお許しをいただくのですか」

「多分、そうなるでしょうね」

砲台も軍艦も不十分なあいだは外国に屈するしかないが、日本が外国に立ち向かえるようになれば、突っぱねて鎖国に戻す。そう言って勅許を出してもらうのだという。

「とにかく井伊大老はもう条約を結んでしまいましたから」

「じゃあ、攘夷が合い言葉になるんですね」

「合い言葉……。まさにそういうことですね。そこにどんな意味が含まれるかというと、攘夷、尊皇、倒幕」

「攘夷、尊皇、倒幕……」

澪は指を一本ずつ折って繰り返し、目をしばたたいた。

「佐幕は含まれないのですか」

「ああ、そりゃあ無理だ。開国を推し進めている悪の巨魁を補佐するなんて」

左内は笑い声を上げげた。その顔はそれでもとても明るかった。

「そうだなあ。これからは攘夷というのが、憂国の志士たちの合い言葉なんだなあ」

「憂国の……。左内様こそ憂国の志士ではありませんの。攘夷とは正反対でいらっしゃるのに」

「全く、その通りだ。私は反攘夷の憂国の志士かあ。いい言葉を教わったな」

「左内様、おふざけにならないでください」

「ふざけてなんかいませんよ。まさに憂国の志士の時代、到来です」

左内は満足そうに空を見上げた。そんな左内のそばにいると、澪も日本の先行きは明るい気がしてくる。

そのまま並んで軒の下を歩いて、玄関のほうから中へ入ろうとしたときだった。門の大扉がとつぜん激しく叩かれて、外から男たちが呼びかけてきた。

「いや、私が出ましょう」

澪を止めて左内が脇の潜り戸へ近づいた。

左内が戸を開くといきなり大勢の幕吏がなだれ込んで来た。

「何用ですか」

そう尋ねたときには、うちの一人が左内の袖を摑んでいた。

「福井藩士、橋本左内殿」

澪はあわてて駆け寄った。

「どちら様でございます。主人、松平陸ノ介はただいま出ておりますが」

すると幕吏は慇懃《いんぎん》に頭を下げた。

「われらは北町奉行、石谷因幡守《いしがやいなばのかみ》配下にございます。御大老、井伊直弼様の命により橋本左内殿にご同道願います」

「井伊様？」

思わず澪は声が裏返った。

左内が制して、大丈夫ですと短く言った。いつもと同じ、穏やかな明るい声だ。

「それがしが橋本でござる。御大老が何用でしょう」

「われらは存ぜぬ。奉行所へ来ていただけば分かるであろう」

幕吏は巧みに左内の周りを取り囲んだ。

「そのように乱暴な。用件もお聞きせずに、主人から預かったお客様をお渡しするわけにはまいりませぬ」

「松平様より、預かった？」

幕吏がぎろりと澪を睨みつけ、今度は左内が割り込んだ。

「承知しました。とにかく行ってからのことのようだ」

幕吏たちはちらりとも頬をゆるめず、厳しい顔でうなずいている。

「此度、それがしは松平様のお留守に勝手にお訪ねしたまで。それゆえ松平様も私がここにいることはご存知ありません。私は以前、この家のばあや殿に界隈の道を教えていただきました。それゆえ立ち寄っただけでござる」

「では松平様とは関わりは」

「一切ござらぬ」

幕吏はほっと息を吐いた。

「それは重畳にござる。ではおいでを」

「加祢！」

澪はどうしていいか分からず、台所のほうへ声を張り上げた。

あわてて加祢が駆け出して来た。

「おお、あの婆殿じゃ」

左内は明るく手を挙げた。

「加祢殿、ちょっとそこまで行ってまいります。どうかくれぐれも、お体をおいといくださいますように」

「左内さん？」

加祢は前掛けを握りしめたままぽかんと立っている。

「左内様」

澪が呼んだとき、左内はいつもの顔で微笑んだ。

「一つ、いただいてまいろうかな」

そっと手を伸ばして、皿のししゃもを口に放り込んだ。

「では、行ってまいります」

旨いと笑顔を見せてから、左内は澪と加祢に深々と頭を下げた。

第三章　桜田門外の変

一

「おう、珍しい顔だな。藩主が二人も来てくれるとは果報なことだ」

戸山の尾張藩下屋敷に茂徳と定敬《さだあき》が揃って顔を見せて、慶勝は機嫌良く座敷に腰を下ろした。

昨年、安政の大獄で慶勝は隠居の身となり、高須藩主だった茂徳が尾張藩を継いでいた。さらに今年は十四になった末弟の銈之助も名を定敬と改め、桑名藩主に就いた。

「兄上、お久しゅうございます。戸山の屋敷はいつ来ても面白うございますね。私は大好きです」

定敬は前髪を落としてもまだまだ少年で、天真爛漫に声を弾ませた。

「しかし春にすっかり焼けたゆえな」

「その焼け跡がまた、趣深《ぶこ》うございます」

戸山屋敷の広大な庭には小田原宿を真似た宿場町が作られ、箱根山まであった。だがこの二月に青山から火が出て、おおかたは燃え落ちてしまった。

慶勝はそれきり面倒なので焼けたままにしている。

「あとでまた見に行ってもよろしゅうございますか」

「ああ、ならば新左衛門に案内してもらえ。昔からの戸山屋敷に一番詳しいといえば此奴だ」

慶勝は笑って茂徳の供へ顎をしゃくった。新左衛門は髭面をほころばせて大きな体を嬉しそうに揺すっている。

「兄上、ご不便はありませんでしょうか。どうぞ何なりと仰せつけくださいませ」

「茂徳こそ、思いがけぬことで苦労をかける。せっかく高須の大水を組み伏せる気概でおったのに、ろくに関わることもできぬままに出させてしまった」

「いえ、お気遣い忝《かたじけの》うございます」

茂徳は恐縮しきって頭を下げる。幕府に隠居させられた兄にまで気を遣わねばならない茂徳が、慶勝は逆に不憫になる。

「そなたには厄介なときに難しい尾張を譲ることになった」

「滅相もございませぬ」

「新左衛門、くれぐれも茂徳を頼むぞ」

「畏まって候。それがしをはじめ、国許では皆、これで尾張も佐幕を明白にできると喜んでおりまする」

「新左衛門、兄上に無礼であろう」

茂徳がたしなめたが、新左衛門はきょとんとしている。隼人が後ろでどんな顔をしているか、慶勝はひやりとした。

隼人は慶勝の隠居に従ってこの戸山屋敷に移り、尾張の藩政は竹腰兵部がいっきに親幕へ塗り替えようとしていた。新左衛門の渡辺家は古くから竹腰に近かったので、慶勝がこれまで隼人を重用していたのはあまり愉快ではなかったはずだ。

やはりさまざま案じることはあると思いつつ定敬に目をやると、これはあっけらかんと笑ってこちらを見ている。すると慶勝も心が晴れていく。

「どうだ、定敬は。陸ノ介や容保には藩主になった挨拶に参ったか。何と申しておった」

「はい。容兄上は、ご自身も藩主になられたとき、やはり兄上方が助けてくださったと聞かせてくださいました。だからそれがしのことも何なりと助けると仰せでございました」

「そうか。それは心強いではないか」

「はい。陸兄上はというと、藩主を辞めたくなったらいつでも来いと。なんでもしてやると」

慶勝と茂徳は顔を見合わせて微笑んだ。

「そうか、二人とも申しておるのは同じことだぞ。分かるな、定敬」

「はい。私もそう思いました。それにしても陸兄上と容兄上は、面差しもよく似ておられますね。歳がお近いからかなあ」

定敬はいっぱしに腕組みをして陽気に考え込んでいる。

「いやはや、左様なことはございますまい」

新左衛門が口を挟んだ。

「むしろ容保様は慶勝様、茂徳様によう似ておられますぞ」

「そうかなあ」

慶勝はうんざりして首を振った。

「つまらぬ話はやめて、新左衛門は定敬に庭を案内してやれ。そのあいだに我らはそのほうの濁《だみ》声《ごえ》をくさしておるわ」

「ああ、それはご勘弁を」

新左衛門の笑顔は愛嬌があって憎めない。

定敬が新左衛門と行ってしまうと、慶勝はため息が出た。

「まずは定敬が恙《つつが》なく藩主になれたのは重畳であった」

「左様にございますな。あれで定敬も世知に長けたところがございます。桑名藩の事情、ずいぶんと呑み込んでおるようで、頼もしゅうございます」

「そうか、それは感心だな」

定敬が藩主になった桑名藩は尾張の西にある伊勢の名門で、代々の藩主は松平を名乗ってきた。海を持ち、京大坂にも出やすい要衝であるうえ物成も豊かだ。

その桑名に定敬は前藩主の姫の婿として入ることになったが、当の初姫はまだわずか三歳で、庶子の兄があった。

国許ではその庶子を藩主に望む声も大きかったが、たった四つということもあって、諸事多難の折柄、定敬が選ばれたのだ。

「定敬は素直で物怖じもせぬ。すぐ家士にも慕われるであろう」

「それがしもそう思います」

「桑名は高須の隣じゃ。茂徳が尾張、義端《よしまさ》が高須におるとなれば滅多なことは起こるまい。よろしく頼むぞ」

「はい、お任せください」

高須は茂徳が尾張藩主になって離れたため、茂徳の嫡男、義端が継いでいた。定敬にとっては兄と甥だから心強いはずだ。

「兄上。義端のことでございますが」

茂徳は、つと膝を詰めた。

「義端にはそれがしに代わって高須の治水を生涯かけてやらせたいと思うております」

「ああ、当分はそれでかまわぬ」

だが義端は茂徳の継嗣だから、いずれは尾張藩を継ぐことになる。

茂徳が考え深げに首を振っているのはそのことだ。

「此度は思いがけぬことで私が尾張を継ぐことになりましたが、私にはせいぜい高須三万石が似合いでございます。それゆえ尾張の次の藩主は、兄上の御子にお戻しいたします」

お願い申し上げますと言って茂徳は手をついた。

「義端には高須を守らせとう存じます。もとから尾張は兄上の領分にて」

「そのように私に気を遣うな、茂徳」

「いいえ。兄上は尾張の家士たちが長年待ち望んだ主君。それが幕府の横やりで此度のようなことになり、尾張にとっても高須にとっても迷惑千万にございます」

慶勝はため息を呑み込んで、このすぐ下の弟を眺めた。

茂徳は昔から慶勝の半歩後ろを歩くような温和な質で、万事に出しゃばることがなかった。持って生まれた聡明さがつねに兄を立てるということに働いたので、慶勝と茂徳は並の兄弟どころではない強い絆で結ばれてきた。

慶勝が幕府から睨まれている今も、茂徳は前と変わらず兄を重んじてくれている。だがそれにつれ慶勝は、茂徳が己を過小に考えすぎることを案じている。

「茂徳。尾張は私とそなたがおるので上手くゆくのだ。私は、これで尾張は守り通せると思っている」

「それは、どういうことでございますか」

「今は幕府も強権で臨んでおるが、とてもこのままではゆかぬだろう。井伊が大老になる前は、幕政は雄藩が寄り集まって行う流れだったのだからな。それがまた譜代のみに戻ったが、この先どうなるかは分からんぞ」

世の中がいつまでも開国と攘夷の二つだけで揺れているとも限らない。これからは佐幕よりも勤皇のほうが前へ出てくるかもしれないし、世間が勤皇かつ佐幕でいるか、あるいは勤皇と佐幕が対立して考えられるようになるか、半年先のことですら確実なことは言えない。

「まさか誰も本気で倒幕などとは言い出さぬだろうが、開国するか攘夷で行くか、どちらへ転ぶかは五分と五分。そのときに備えて、尾張はどちらにも軸足を持っておくのがよい」

「つまり、開国と攘夷。それに佐幕と勤皇でございますか」

「そうだ。ならば大老に謹慎させられた私と、その大老に見出された茂徳がいることは、万が一、逆の世になっても、そのときは私と茂徳が替わればよいだけのことであろう」

なるほど、と茂徳がうなずいた。

「藩政を離れて、私はあらためて思ったのだ。開国も攘夷も、どちらかが善でどちらかが悪ということはない。尾張の藩是は勤皇だが、幕府は身内じゃ。佐幕であってこその勤皇であろう」

「まこと、左様でございます」

「それゆえ茂徳が国許の兵部や新左衛門を用いて尾張を佐幕、開国に導くのは丁度よい。私は幕府の向こうを張って攘夷と申したゆえ隠居させられた。災い転じて、尾張藩には二つの足場ができた」

あとは慶勝と茂徳が互いに信じ合っていれば、尾張も高須も上手くいく。今は次の代まで考えることは不要だ。

「……さすがは兄上でございます」

茂徳がしみじみと漏らし、慶勝は微笑んだ。

「それゆえそなたは、あの口の軽い髭面どもをせいぜい重んじてな。気兼ねなく尾張を新しゅうして進んで行けばよい」

「尾張を、ともかくは佐幕と明らかにするのでございますね」

茂徳はさかんに目をしばたたき、頬を紅潮させていた。

「このまま上手くいけば万々歳じゃ」

「と、申されますと」

「安政の大獄じゃ。あのようなことをして、幕府が保《も》つわけがない」

慶勝には世の中が大きく変わるという予感がある。幕府はとてもこのままでは立ちゆかない。たとえ今、家康がいたとしても幕府は変わらざるを得ない。

「朝廷を怒らせてまで通商条約を結び、井伊は幕府の首を絞めておる。そもそも幕府がもの申せと命じたゆえ、私は井伊を難詰したのではないか。その場しのぎの埋め合わせをしても、堤というものは水次第で崩れるものだ」

井伊が独断で交易を始めるなどと言ったから、慶勝は水戸の斉昭らと不時登城して問い詰めたのだ。そのせいで慶勝たちは謹慎にされ、安政の大獄が始まった。

「いずれ井伊は失脚する。だがいったん国を開いた上は、もう後戻りはできぬ」

かつて高須から尾張へ移ったとき、慶勝は己には高須が身の丈に合っていると後ろ向きに考えた。だがそこから御三家筆頭を務めるようになり、今は隠居させられて高須三万石の藩主ですらなくなった。制外に放り出された身として考えねばならないのは、尾張よりも大きな日本のことだ。

そしてその年の十月、井伊ら譜代が推していた紀州藩主、徳川家茂が将軍を宣下された。家定がみまかり、弱冠十三歳の十四代将軍が誕生したのだった。

「鳥にしあらねば。飛び立ちかねつ――」

「え?」

澪は松の木の脇に立っていた加祢を振り向いた。

加祢は濡れた襦袢《じゆばん》を手に、ぼんやりと竿の下に立っている。

「ねえ加祢、前掛けが濡れてしまいますよ」

だがずっとうつむいているので、澪が横から取って絞ってやった。

「澪様。加祢はきっと、幕府には天罰が下ると思います」

「そんなことを口にしてはだめよ、加祢」

「ええ、ええ。そうでございますね。加祢だって申したくはございませんですよ」

そう言って加祢は頰の涙を拭った。

この十月、一年ものあいだ伝馬町の牢屋敷に入れられていた左内が斬首にされた。加祢は何度も会わせてくれるように頼みに行ったが、ついに最後まで許されなかった。

今も加祢の懐には左内にもらった足袋が入っている。勿体ないと一度も履かず、夏の暑いときでも懐から出さなかった。

「幕府はもう今さら何をしたって遅いんじゃございませんか」

「加祢」

「だってそうでございましょう。あれほど日本の先行きを考えておられた左内さんを死なせるなんて。幕府は自ら大事な砦《とりで》を潰したようなものですよ」

澪は洗い物を手早く干してしまうと、加祢を連れて縁側に戻った。

二人で腰掛けてしばらく庭を眺めていた。

「加祢、私だって同じように思いますよ。でも陸ノ介様も慶勝様も、きっと左内様のぶんもお励みになりますよ。だから私たちも」

「何をお励みになるって言うんです？　私に何ができるものですか。もう左内さんはいらっしゃらないのに。故郷の母君様もどんなに悲しんでおられるか」

「だから加祢は早く腰を治して、いつか二人で母君様をお訪ねしましょう。そうすれば元気づけて差し上げられるかもしれません」

左内はついに福井に戻ることができなかったから、最後まで明るく笑っていたと伝えれば少しは慰めになるかもしれない。

澪はそっと加祢の背を抱きかかえた。左内のことがあってから、加祢は一回り小さくなってしまった。

「ね、そうしましょうね、加祢」

「陸ノ介様がおっしゃっていましたね。幕府を支えるために、京から家茂様の御台所様をお迎えになるのでしょう。でも加祢は知っていますよ。帝の妹宮で、お小さいとき許嫁《いいなずけ》がいらっしゃったって。それを無理やり江戸へ来させなさるのですよ、幕府は」

澪は黙ってうなずいた。子を斬首にされたり破談にされたり、このところ耳にするのは女にとっては悲しいことばかりだ。

庭には雀たちが降りていた。加祢は前掛けの縫取に菜の切れ端やこそげ落とした飯粒を入れて、朝はいつも撒いてやっている。

雀たちは加祢に近づき、食べ終わるとまたすぐ離れて行った。

「羽があるものは羨ましいですねえ、澪様。飛び立ちかねつ、鳥にしあらねばって」

加祢は木の枝にとまる雀の姿を追っていた。

「大昔、山上憶良《やまのうえのおくら》という人が詠んだ歌だそうですね」

「左内様に教えていただいたの？」

「よく口ずさんでおられましたですよ。加祢などは、鳥になって故郷へ帰りたいという歌だと思っていたんでございます」

加祢はずっと、左内を母に会わせてやりたいと願っていた。

「世間《よのなか》を憂《う》しとやさしと思へども　飛び立ちかねつ鳥にしあらねば――」

そっと加祢は唇を動かした。

「どんなに辛い世の中でも、飛んで逃げたりしないという意味なんでございますねえ、きっと」

言って加祢はしみじみと自らにうなずいた。

「それぞれが己のできることをするしかありませんですね。誰もが憂国の志士でございますから」

それも左内が気に入って使った言葉だ。

「ねえ、澪様。あの左内さんのことですよ、ご自分はやるべきことはやったと満足しておられたに決まっておりますねえ」

加祢は若いとき夫と子供に先立たれ、今度はまた大好きだった左内も失った。

「左内さんほどの方がどんな思いで旅立たれたか、加祢なぞがあれこれ忖度《そんたく》しても分かりませんですね。ましてやお可哀想だと思うなんて、それは加祢の傲慢でございますね」

加祢が懸命に凜としようと努めているので、澪のほうが泣けてきた。

安政の大獄は今も続いている。幕府に睨まれた志士は相次いで捕縛され、次から次へと死罪になっている。

その一方、神奈川などでは外国との貿易が始まり、誰もが舶来の武器を買ってよいことになった。それとこれとが同じ町で起こっているので、小さな諍《いさか》いは日々のことで、外国人が斬りつけられた話もよく伝わってくる。

もう海に閉ざされた日本という国は、具を入れすぎた鍋が煮立ってきたようなものだ。その熱を冷ますために、幕府は今度は朝廷と結ぼうと考えている。

「ねえ。加祢は帝がお許しになると思う?」

澪は左内のことは悲しすぎてあまり考えたくなかった。

すると加祢も精一杯、話好きのいつもの顔でこちらを覗き込んできた。

「澪様がおっしゃるのは、和宮様のことでございますか」

「ええ。そうでなくても朝廷はこのところ幕府を下に見ているのでしょう。他ならぬ妹宮を、外国船がすぐ間際まで来る江戸になんか、お嫁に出されるかしら」

孝明帝は強く攘夷を望んでおられると聞いたことがある。だというのに勝手に開国した幕府に妹宮をくださるだろうか。

「あら、絶対に降嫁なさいます。だってそれしかありませんですから」

加祢があっさり言ったので、澪はぽかんと口を開いた。

「左内さんが教えてくださいましたよ。攘夷だ開国だ、幕府だ朝廷だと恐れたって、日本はもう開国で突き進んでいくしかありません。だって左内さんがそうおっしゃったんですから」

加祢は自信に満ちた顔で言い切った。

「条約を結んだからじゃなくて、左内様がおっしゃったからなの」

「ええ」

「加祢ったら、いったいどうしたの」

「もしかすると左内さんが乗り移ってみえたのかもしれませんですよ」

加祢は自分でも可笑しそうに肩をすくめた。

「おかげさまで思い出してきました、左内さんが力強くおっしゃっていたことを。それで言いますとねえ、左内さんのおっしゃることは何でも本当ですから、和宮様は江戸へおいでになりますよ」

「加祢は物差しが全部、左内様なのね」

「そうかもしれません。ですが加祢にはそこだけ光が差しているように見えますんですよ」

加祢は首をかしげて、頬に手のひらを当てている。

「でも、だとするとこれからは陸ノ介様も京においでになることが増えるかもしれませんですねえ」

加祢が膝を叩いて立ち上がった。

「さあ、残りを片付けてしまいましょうか、澪様」

澪はようやくほっとした。

「今に大名家なぞ、あってもなくてもよくなりますよ」

左内の受け売りだと言って、加祢は誇らしげに天を見上げた。

二

謹慎の身の慶勝だが、江戸城へ登っても咎《とが》める者はいなかった。それどころか老中たちは四人とも慶勝の登城を待ちかねていたように、襖が開いた途端に頭を下げた。

評定間にはすでに老中たちと茂徳、容保、それに紀州藩主の徳川茂承《もちつぐ》が堅く口を閉ざして座っていた。

安政七年（一八六〇）三月三日、大老の井伊直弼が江戸城桜田門外で水戸浪士たちに暗殺された。茂徳がその少し前に同じ門をくぐって登城したときのことで、壕を一つ隔てただけの本丸にも尋常でない騒ぎが聞こえていたという。

「もしやお待ちいただきましたろうか。それは申し訳なかった」

上座も下座もなかった。皆が膝を突き合わせている輪の空いたところへ慶勝は腰を下ろした。

慶勝はあの雪の日からこちら、三十六年生きてきた中で最も機嫌が悪い。井伊の無念を思って、今も歯ぎしりしたいほど不快でならなかった。

「慶勝公。どうぞそのように睨み据えんでくだされませ。尊公らの謹慎、ちかぢか解くことは申すまでもない。ただ、今は」

「私がそのようなことで腹を立てているとお考えか。処分など、どうでもよい」

老中ばかりでなく茂徳までがびくりと肩をすくめた。

「では水戸藩の処罰について……」

老中の安藤信正がおそるおそる口火を切った。

「やはり咎めぬわけにはまいりませぬ。脱藩しておったとはいえ、賊どもが寸前まで水戸藩の禄を食《は》んでおったのは事実」

「ふむ。水戸藩の禄も上様より賜ったものじゃ。井伊がどのような政を進めておったかとは一切関わりない。上様の大老があのような目に遭わされたのだ」

慶勝の言葉に、老中たちは一様にほっと胸をなで下ろしていた。

だが水戸の斉昭は永蟄居《えいちっきょ》、慶喜も謹慎の身で、申し開きもさせずに処分を下すのは卑怯というものだ。

「ならばどのような処罰がよろしいか」

「不満の輩はどこの藩にもおるわ」

慶勝が言い捨て、皆はまたびくりと震えた。

容保が真っ先にうなずいた。

「徳川が徳川を潰しておるときではございませぬ。むしろ処罰せずに済む方便を探さねばなりますまい」

「容保の申す通りでござる」

茂徳が老中たちにうなずいて茂承を顧みた。茂承も気づいて、あわててうなずき返す。

安藤が窺うように見返したとき、慶勝は続けた。

「水戸藩への処分は、斉昭公らの謹慎のみ解かぬということで示せばどうか。水戸は今、上から下まで震え上がっておるであろう。幕府の怒りを思い知るがよい」

皆がたじろぐほど慶勝の語気は強かった。

安藤が小さくため息をついた。

「我ら老中は意外でございました。慶勝公がそこまでお怒りになろうとは」

「左様にございます。他ならぬ井伊殿が尊公を隠居謹慎となさいましたゆえ」

慶勝は莫迦らしくなって鼻息をつき、胡座を組んだ。

「もはや侍の世の終わりゆくさまを見たゆえな」

言いながら、まさしくその通りだともどかしくなってきた。

井伊のあの遭難は、二百六十年の幕府の終わりのさまだ。武士は人としての真も礼節も失った。

襲った浪士どものほうがまだそれらを持ち合わせていたと言えるかもしれない。

「遠藤にしても井伊にしても、家康公の下で応分の働きをしたゆえ、あのように大層な屋敷をいただいておるのであろう。それが、聞いて呆れるわ」

「井伊家はともかく遠藤とは……」

老中たちが顔を見合わせている。

慶勝は大きく顔を背けた。

「直弼の首、若年寄の遠藤が預かっておったのであろう」

井伊は桜田門外で絶命し、その首は賊の槍に突き立てられて運ばれた。井伊家の家士には取り戻そうと追いすがって殺された者もあったが、ほとんどは屋敷へ逃げ帰っていた。

いくら小者とはいえ、それでも武士か。だが遠藤に至っては、慶勝は思い出すだけでもはらわたが煮えくり返ってくる。

井伊を討った水戸浪士は深手を負い、逃げる途中で遠藤家の門前で息絶えた。そのため井伊の首は遠藤家に収容され、井伊家の家士が引き取りに行ったのだ。

だが遠藤家の者たちは首を返さなかった。井伊家が幾度あらためて頼んでも、幕府の沙汰があるまでは渡すわけにはいかないと突っぱねた。

いったいそんな理不尽なことがあるだろうか。後からいくらでも、何なりと申し開きをすれば終いだったはずだ。幕府に叱りを受けたなら、咄嗟《とっさ》に義に従ったまでだと堂々と言えばよかったではないか。

だが遠藤はそれもせず、幕府が乗り出してきてようやく首を返した。互いにまだ井伊が生きているなどと取り繕ったが、その場にいた見物の者の口から、何が起こったかは瞬く間に江戸中の知るところとなった。

「たとえ仇敵だろうと主君の首を返すか返さぬか、関ヶ原の時分ならば、どんな小者でも己の判断でしたものだ。それが今や若年寄ですら、できぬとは」

遠藤の家中に井伊への遺恨があったのか、ただ幕府の覚えを恐れたのか、そんなことは慶勝の知ったことではない。もうここまでくれば幕府は、後はどう見苦しくなく武士の世を終わりにするか、そのことだけを考えるしかない。

「巷ではひどい落書が出回っておりまする」

座では最も古株の老中、内藤信親がぽつりと言った。

いい鴨を、網で捕らずに駕籠で獲り――

慶勝は唇を引き結んで聞いていた。

人は生きてきたように死ぬなどというのは嘘だ。見事に生きた者が見事な死に顔で旅立つというのは、人が勝手にいだく幻だ。

その日の評定で水戸に問罪の兵は出さぬことに決まり、家茂に会ってから下城するという茂承を残してそれぞれが評定間を出た。

茂承は紀州の分家から家茂の後を継いで藩主になり、歳も近かったので家茂とは親しかった。だから今日のことは茂承の口から家茂にも真実が伝わるだろう。

御城の廊下を歩いて戻るとき、茂徳は慶勝を先に行かせようとした。それを断って慶勝は容保とともに後ろを歩いた。

「あの折は、朝のうちだけ雪が降っておりました」

茂徳は控えつつ前を行き、慶勝たちに話した。

三月三日、慶勝たちが騒ぎを聞きつけたのは昼を過ぎてからで、茂徳だけは井伊よりも先に登城したために城の中で騒ぎを知った。

「それがしが下城するときには、もう辺りは掃き清められておりました」

襲撃のときは雪が降りしきっていたが、茂徳が登城したときはちょうど雪も止み、駕籠の中からも本丸が霞んで見えていたという。

井伊の死はそれから四半刻ばかり後のことだから、茂徳が通ったときにはすでに賊は辺りに潜んでいたことになる。

「賊はまず井伊殿の駕籠へ、鉄砲を浴びせたそうでございます」

「これで譜代筆頭の井伊と御三家の水戸が敵同士か。直弼は徳川のために力を尽くしておったにな」

賊たちは藩に累が及ばぬように脱藩していた。だから主家になにがしかの恩義を感じていたのは確かなのだ。

「もう滅ぶしかあるまいな」

「兄上……」

容保の暗い顔を見て思い出した。会津には宗家第一という家訓があった。

そして茂徳の尾張の藩是は、王命に依って催さるるだ。

「直弼にも兄弟はあったかの」

皆が皆それぞれに無私の心で前を向いていた朝、井伊の駕籠だけを隠すように雪が降った。そのため井伊の家士は鞘袋《さやぶくろ》から太刀を出すのに手間取って、あっけなく主君を討たれた。

あのときの雪は天の意志だったのではないだろうか。ならばもう天が、徳川の世を終わらせようとしているのだろう。

「兄上。謹慎が解かれました折には、それがしは」

茂徳が足を止めて振り向いた。困《こう》じ果てたような笑みを浮かべていた。

「茂徳……」

慶勝も微笑んだ。

「私は力を尽くして将軍家を補佐しようと思う」

「家茂様を?」

声を揃えて聞き返す二人の弟に、慶勝はしばらくは何も言わなかった。

いつからだろう、多分、井伊の死を聞いたときからだ。慶勝ははっきりと決めた。これからは徳川を美しく、他に誇れるように終わらせるために己は生きなければならない。

死にざまなど何も表していない。井伊は徳川を美しく終わらせるために死んだ。だからいつかは慶勝も井伊に続く。

「上様は弱冠十五か。思えば定敬と同い年だな」

「ああ、左様でございますね」

容保が透き通るような笑みを浮かべた。自らも若くして藩主になった容保は、十五で藩主という定敬の心細さをいちばん分かってやれるだろう。

「私は上様をお助けする。茂徳には高須の煩いもあろうが、高須は何があろうと尾張とともに行く。尾張だと思うて面倒を見ればよい」

「ですが兄上、それがしは」

「茂徳。定敬を頼んだぞ。桑名は、高須の隣とはいえ他藩じゃ」

慶勝はもうそれ以上、何も言わせなかった。茂徳には尾張を佐幕で統一するという大仕事がある。

開国でも攘夷でもかまわない。徳川は美しく終わる。それに気づいた者から、そのために力を尽くして生きるほかはない。

三

門が叩かれて、加祢があわてて飛び出した。澪も陸ノ介と玄関へ向かって、来客の顔に呆然と足を止めた。

豪勢な駕籠から、兄の隼人を連れた慶勝が降りて来た。

「加祢、久しいな。昔と少しも変わらぬではないか」

加祢は小さく飛び上がってその場にうずくまった。

慶勝は加祢の肩を軽く叩き、そのまま式台を上がって行った。

「兄上、申してくだされば私が参りましたものを」

「前もって申せば断られるではないか。長くそなたを借りることになるのでな。澪に私から詫びを申しておこうと思うただけだ」

かまってくれるなと言われて、澪も頬が赤くなった。

先だって慶勝は正式に謹慎が解かれ、家茂の補佐として京へ上ることに決まった。陸ノ介はその慶勝に、隼人ともども同行するのである。

陸ノ介は先に立って慶勝を庭に面した座敷へ案内していく。澪と加祢はあっと飛び上がって庭へ先回りした。洗い物を竿に広げたばかりだった。

なんとか取り込んで柴垣の外へ走り出たとき、縁側を二人が歩いて来るのが見えた。

「加祢、大変だわ。とにかく美味《おい》しいお茶をお淹《い》れしないと」

「菓子を買ってまいりましょうか。どこのものがよろしいですか」

澪たちは急いで裏へ走った。

「陸ノ介様がお好きな豆冨久の七色豆はどうかしら。でも豆菓子は何を使って召し上がるの。お箸？　匙《さじ》？」

加祢は襷掛けのまま門へ駆けて行く。

「お小さい頃は手でつまんでおられましたですよ！」

座敷まで聞こえるような大きな声に、澪は思わず肩をすくめた。


正面の松の枝振りが良かったので、慶勝はついあれが雪を被れば美しかろうと思ってしまった。もう夏も行こうとしているが、江戸はまだあの雪の日を忘れることができない。

桜田門外の変があって水戸を案じていたところへ、斉昭が死んだと知らせが来たのはこの八月のことだった。斉昭には若い時分から心臓の病があり、そこへ疲労がたたったようだった。

「なかなか人は桜田門外の変が頭から離れぬようだな」

「刃傷があの場だけで済みませんでしたゆえ」

陸ノ介が穏やかに言って、慶勝もうなずいた。

井伊を殺《あや》めた賊たちはほうぼうへ逃げ、彦根藩士は来る日も来る日も下手人《げしゆにん》を捜して町を歩いていた。

だが井伊は水戸浪士に討たれていないことになっていたから、その後、江戸の町で双方の藩士が斬り合うことはなかった。

「井伊の家士はよう堪えておるな」

浪士たちはその場で死んだ者のほか、大半が自ら名乗り出たが、まだ逃げている者もいる。愚弄する落書まで貼られて、井伊家の怒りはいかばかりだろう。

「加祢も、御大老の一件は酷いと泣いておりました」

「さもあろう」

「左内殿が斬首にされたときは御大老を悪鬼のごとく申しておりましたが、討った者にも討たれた者にも母はあったろうと申して、今も時折涙ぐんでおります」

だが井伊は武士の世の美しい終わりのために死んだのだ。慶勝たちは、今はひたすら後に続くのみだ。

「陸ノ介にはこれからますます苦労をかける。できれば京にも連れて行きたくはない」

「きっと容保のほうがお役に立ちましょうが――」

朝廷は内々で、帝が和宮の降嫁をお許しになるだろうと伝えてきた。だがそれには外国と結んだあらゆる条約を反古にせよという厳しい条件がついている。

慶勝が上洛するのは、その条件を少しでも下げてもらうためだ。

「陸ノ介は来てくれるのだな」

「私にお気遣いは無用でございます。兄上に救うていただいた命でございます」

ふと慶勝は顔を上げた。幼いとき溺れかけた陸ノ介を助けたことだろうか。

「そなたはいつまでも恩に着てくれるが、兄ならば当たり前ではないか」

「ですが兄上も、すんでのところで死んでおられましたぞ」

父の義建がくどいほど水練をさせてきたから助かったのだ。そうでなければ二人揃って大川に沈んでいたかもしれない。

「私はあのとき、兄上に心も救うていただきました」

陸ノ介のまっすぐな目とぶつかった。

――自死ではなかろうな、陸ノ介。そなたにそのようなことを思わせる家など、私は継がぬぞ。

陸ノ介の目は、遠いあの日をはっきりと覚えているようだった。

「兄上が水を吐かせてくだされたゆえ、私はこの世へ戻ってまいりました。あのときのことは忘れもしませぬ」

慶勝には皆、この上もなく大切な弟たちだ。弟とこうして気兼ねなく話しているとき、慶勝はいつか家よりも兄弟を大切にできる世になればいいとつくづく思う。

「義端が亡くなったろう」

「はい。まだ三つでございましたか」

茂徳の嫡男で、生まれたのがちょうど慶勝の隠居させられたときだった。茂徳が尾張藩主に就いたので、義端は赤子ながら高須藩主になったのである。

だがその義端がみまかり、高須は急遽、慶勝たちの末の弟が継ぐことになった。ただこれもまだ赤子で、慶勝は顔を見たことすらない。

「兄上が気にしておられるのは、茂兄上の継嗣のことでございますか」

高須は尾張の御控えだ。茂徳にこのまま跡継ぎが生まれなければ、いずれはその末の弟が尾張藩主ということになる。

だが茂徳は先からそれを見越しているのか、義端が死んだとき、わざわざ慶勝の子を養子に迎えた。尾張はいずれ慶勝に返すという思いの表れだろう。

「どれも赤子ばかりゆえ、鬼が笑いもせぬ先を考える必要はなかろうが」

慶勝は、どうせその頃まで幕府は保たないと思っている。それどころか武士そのものが消えてなくなるかもしれないのだ。

「だが――」

「そこまで茂兄上のお心を詮索なさることはありませんぞ。どうせ幕府など、もうそれほど保つものでもございませぬ。あとは、どう最後を飾るか」

慶勝は驚いて弟の顔を見返した。

「最後、だと」

陸ノ介の笑みは間違いなく慶勝と同じ未来を見通していた。

「茂兄上の跡目のことまでお考えにならずともよいと存じます。ただ、茂兄上のあのご気質」

そう言って陸ノ介がふわりと微笑み、慶勝も肩が軽くなった。

「陸ノ介の申す通りだ。彼奴はいつも私の後ろに隠れたがってな」

「茂兄上は、誰より兄上を敬っておられますゆえ」

「あれはもう直らぬな」

「はい、直りませぬ」

兄弟とはいいものだと思った。互いを己よりも案じることができ、この陸ノ介は慶勝のために家臣に下ることとさえ選んでくれた。

「私が尾張に居続ければ、茂徳も存分には動きにくかろう」

「いやいや。新左衛門などは声が大きゅうございますぞ」

陸ノ介の茶化した声に、慶勝も吹いた。

「そうだった、彼奴がおったな」

こんな軽口を言うところが、陸ノ介と容保の違いだ。

だが陸ノ介はすぐ真面目な顔つきに戻った。

「京は、茂兄上から離れるには恰好の地にございますな」

慶勝はうなずいた。そう思えば行こうという気にもなる。

「茂徳ならば、尾張をうまく佐幕にも向け変えるだろう」

だから己はもう一刻も早く京へ行くことだ。黙っていても陸ノ介には分かるだろうと慶勝は思っていた。


縁側からはときおり大きな笑い声が上がり、澪と加祢はそれを聞いているだけでも心が弾んだ。慶勝はこのところは麴町《こうじまち》の中屋敷を使うことが多いらしく、ずいぶんゆっくり陸ノ介と話し込んでいた。

澪は陸ノ介と並んで慶勝を見送った。ここには加祢のほかにはわずかな者しかいないが、慶勝は門を出るとすぐ供たちに囲まれていた。

「陸ノ介が大げさでない暮らしをしておるのがよう分かった」

「京では私も藩邸に入ることになるのでございましょう。それだけが億劫でございます」

陸ノ介は供たちに聞こえぬようにそっと囁いた。

「当たり前ではないか。町屋暮らしなどさせれば私が澪に恨まれる」

「京ならば頃合いの寺もありましょう。そのうち気ままにさせていただきます」

「させぬゆえ案ずるな、澪」

慶勝は優しく微笑んで、呆れたようにため息をついた。

「実は容保にも、いずれ京へ参るよう申したのだがな。彼奴、あっさり断りおった」

「まあ、お断りに」

澪は加祢と顔を見合わせた。

「江戸がなにかと物騒ゆえ、悠長に京になど行っておられぬと申しおった」

慶勝は少しでも澪を安心させようとしていた。将軍家の膝元である江戸のほうが京より平穏なのは決まっている。

だが会津藩邸は桜田門の脇にある。だからあの大老襲撃は容保の屋敷のすぐ外で行われたのだ。

会津藩の上屋敷が尾張藩よりずっと御城に近い場所にあるのは、まさに会津への将軍家の信が篤《あつ》い証だ。だが逆に、それほど本丸に近いところで将軍家の一の家臣は暗殺されたということになる。

「澪、留守を頼むぞ。陸ノ介が居らぬあいだは尾張藩からも少し人を出そう」

「いえ、そのようなお気遣いは無用でございます」

澪は陸ノ介と笑って首を振った。

だが慶勝はそれにには応えずに、加祢にも声をかけた。

「体が丈夫というのは有難いことだぞ、加祢。容保は実のところ、御台が病弱ゆえ目が離せぬのだ。今、京でどれほどの働きがいるか、彼奴もよう分かっておるのだがな」

優しくそう言い残して慶勝は駕籠に乗った。

第四章　さざめく京

一

加茂川の桜がいっせいに開き、京は薄紅色に染まっていた。慶勝は陸ノ介と連れだって加茂大橋から東の叡山、川上に続く桜並木と眺め、久しぶりに半刻ほど土手に下りて過ごしていた。尾張藩邸はここからすぐ東で、西の内裏とはちょうどこの大橋が中央になった。

慶勝が京に入って一年半が過ぎていた。和宮は初冬に京を出立し、この二月に無事、江戸城で家茂と祝言をあげた。幕府の望み続けた公武合体は婚儀自体としては成功したが、京の騒がしさはいっこうに止む気配もなかった。

和宮の降嫁を実現するために慶勝は関白たちと幾度となく話をしたが、降嫁に付けられた条件は元のままだった。だから幕府はゆくゆくは条約を破棄しなければならない。海防が成れば攘夷を決行するのである。

慶勝は如意ヶ嶽を見上げつつため息をついた。

京にはすさまじい攘夷の嵐が吹いている。幕府が置いた京都所司代も町奉行所も、まるで用をなしていない。役人たちは町をうろつく志士に恐れをなして、市中見回りと称して日の高いあいだに大勢で大通りを歩いているだけだ。京はどこへ行っても攘夷、攘夷で、慶勝の耳にさえ倒幕という言葉が聞こえてきた。

和宮が江戸に着いて間もなく、江戸城坂下門外で、今度は老中の安藤信正が襲撃される惨事が起きた。登城のさなかに襲われた安藤は命を取り留めたが、下手人たちはまたしても水戸浪士だった。

水戸は藩祖のはじめから神道が重んじられている。坂下門外の変はそれをいっきに日本中に広め、尊皇にとって幕府はもはや倒すべき敵だ。

今では京には続々と攘夷派、はては倒幕の志士たちが集まるようになっている。市中にはさまざまな藩邸があるが、そこへ諸藩がそれぞれ国許で手を焼く攘夷派たちを厄介払いに送り出し、諸国には佐幕で聞こえた藩もあるのに、京の藩邸にいるのは流行病《はやりやまい》のように攘夷と口にする輩ばかりだった。

「兄上、参ったようですぞ」

川下を睨んでいた陸ノ介がそっと指をさした。

川は水が少なく、舟もここまでは遡《さかのぼ》って来られない。伏見にいると聞いていたが、二条辺りで舟を降りたものとみえ、男は慶勝たちが待つ土手の柳の下へゆっくりと歩いて来た。

背の高い、よく肥えた大きな男だった。それが大股でみるみる近づいて、慶勝の前でうずくまった。

「薩摩の西郷吉之助でございます」

慶勝だけが床几に座っていては人目を引いた。すぐに傍らに座り直すと、男は明るく目をしばたたいた。

「斉彬公や春嶽公からも、いつか御目にかかることができればよいなと言うていただいておりました。福井の左内殿からもまた同じように……」

そう言った途端、毘沙門天《びしゃもんてん》のように丸い大きな目から涙が吹きこぼれた。

西郷は薩摩の下士だったところを見出され、斉彬をひたすら慕って朋輩たちをまとめてきた。諸国の志士たちにも名が聞こえるようになっていたが、斉彬が急死し、いっときは方角を見失ったように放浪していたという。

斉彬の跡を継いで藩主になった久光は異母兄の斉彬には複雑な思いがあったらしく、斉彬が目をかけた西郷には何かと辛く当たっていた。だが今回、久光は兵を率いて上洛しようとしたものの、京に手づるがなく、仕方なく西郷に一働きさせようと送り出したのである。

ところが当の西郷が出鼻をくじくように久光の上洛を止めたそうで、またしても仲はこじれているらしい。

――久光様には、斉彬様のような御人徳があられぬ。

面と向かってそう言ったと聞くが、一介の家士が、真実だろうか。それともこの西郷はそこまで世を捨ててしまっているのだろうか。

「ちかぢか久光公が上洛なさると聞いたが、真かの」

慶勝が尋ねると西郷はうなずいた。だがそれきり何も話そうとしない。

しばらく三人で地面に座り、黙って川の音を聞いていた。

白い腹に黒羽の美しいせきれいが楽しげに水辺で戯《じゃ》れあっている。ここは鴨も無数にいるし、鷺《さぎ》も満ち足りたように一所でじっと立っている。慶勝はあの鳥たちを見ていると刻が経つのを忘れてしまう。

ずいぶん長いあいだ、慶勝を中央にして串団子のように並んで叡山を眺めていた。西郷がもぞもぞと体を動かしたのでそちらを見ると、思わず釣り込まれるような朗らかな笑みを浮かべている。

「それがし、薩摩へ帰らねばなりませぬ。その前に慶勝公にお目にかかることができ、出て参った甲斐がございました」

何を話したわけでもなかったが、慶勝も同じように思った。

「西郷は斉彬公を慕《しと》うて慕うて、みまかられたときは後追いを企てたそうだな」

「月照《げっしょう》が止めてくれました」

井伊の排斥を目論んで西郷とともに行動していた京の僧である。だが策を講じているあいだに桜田門外の変が起こり、暗殺には関わらなかったものの二人は追われる身になった。

そのとき西郷は月照を薩摩に連れ帰ったのだが、久光は冷淡で、月照を追放しようとした。そのため西郷は友を守れなかった申し訳なさから月照とともに入水自殺を図ったという。

慶勝は、それが弟たちだったら自らも同じようにしたと思う。だが西郷は一度信じただけの相手のために命も名利も投げ出したのだ。

「陸ノ介から聞いたぞ。久光公は斉彬公のように家士から慕われておらぬゆえ、上洛しても無駄だと申したそうだな」

「斉彬公は格別の御方でございましたゆえ」

「斉彬公ならば、さもあろう。だが久光公が不憫ではないか」

「不憫――」

「弟はどのように歩こうとも、先を歩いた兄と比べられる。まして鬼籍に入った兄となれば、どのように振る舞おうと劣ると言われる」

西郷が不思議そうにこちらを見た。

「妻と死に別れた男へは嫁すなとな」

そうつぶやくと、西郷はようやく微笑んだ。

「慶勝様はまこと、弟君に慕われておいででございます。それがしも、その理由が分かったような気がいたします」

「そうかな。私が先に、弟たちに入れ込んでおるだけでな」

西郷はくすりと笑った。周りがいっきに明るくなるような、すぐにもう一度見たくなる笑顔だった。

ちかぢか久光は兵を率いて上洛し、朝廷を介して幕府に意見書を出すつもりだと伝えられている。

本来、薩摩は外様なので慶勝や春嶽のように幕政に口を挟むことはできない。安政の大獄が始まる前なら、幕府は諸侯に諮問したし、斉彬たちは雄藩連合を考えてもいた。だが井伊の大老就任ですべてが頓挫し、井伊が死んで謹慎は解かれたものの、もう薩摩が幕政に関わることはなくなっていた。家茂が将軍になり、斉彬や斉昭の死も続いて、うやむやのままに刻だけが流れていったのだ。

その間に尊皇攘夷の気分は高まり、倒幕の声まで上がるようになって、京に集まる志士たちは薩摩の上洛を待望している。実際のところ薩摩が何を考えているかは、慶勝にもよく分からない。

「久光公は、斉彬公のなさろうとしたことを受け継がれる覚悟らしゅうございます。それがしも、それはもう疑《うたご》うておりませぬ」

西郷は慶勝の不安に気づいたのかそう言った。

斉彬と久光の兄弟は、慶勝たちと違って、その父母の思惑でいがみ合うように育ってきた。だが兄弟の器量は親よりも大きく、育つにつれて互いを認め合うようになった。久光は今では、亡き兄ならどう考えたか、つねに斉彬の影に問うようにして歩いている。

ふと慶勝は茂徳を思い浮かべた。茂徳はまだ影法師が生きているぶん、久光より生き難いかもしれない。

「しかし世は妄動しております。斉彬様ならば重石《おもし》となるために、もうとうに京においでてございました。なにもせず、ただ重石となること。その価値が久光公にはお分かりになりませぬ」

上洛したからには何か目に見えた成果を得ようとするのが久光の軽いところだという。

――西郷が喧嘩を止めに入れば、双方ともに怒りまでが消え失せます。

かつて西郷とはどんな男かと尋ねたとき、そこまで懐が深いと陸ノ介は言った。

「斉彬公は公武一和を望み続けておられたな」

慶勝にとって斉彬はともに和宮降嫁を考えた同志であり、薩摩を佐幕で保ち続けてくれた力強い堤でもあった。今、慶勝がもっとも話をしたいといえば斉彬かもしれない。

薩摩からは、伏見と御所北にある藩邸を目指して尊攘派の志士が続々と上洛している。とくに伏見に集まっている者たちは過激な企みをしていると慶勝の耳にも入っている。

「まさか薩摩藩士は、倒幕を叫んで奉行所に火を放つのではあるまいな」

あるいは京都所司代だろうか。そんなことをしても幕府は倒れないが、思えばどちらも手薄にすぎる。

「京の町に火を放つとは帝を危うい目にお遭わせするということだ。かりにも尊皇を名乗る者が、料簡《りようけん》違いも甚だしかろう」

「どんな藩にも、爆《は》ぜたがる輩はおるものでございます。周囲の藁《わら》が湿っておれば火は点きませぬ。ですが水桶に放り込むのでもなければ、くすぶり続ける火種はやがて――」

「久光公は京へ、火消しに参られるのか」

西郷は静かにうなずいた。

「それがしも皆には説きました。まだときが来ておらぬということのみ、聞き入れられましてございます」

あの斉彬が己の分身とも考えていた西郷ですら、そうなのだ。その西郷が、斉彬の足下にも及ばぬと言う久光に何ができるのか。
「どうしても西郷は京を離れねばならぬのか」
「藩士ゆえ久光公の命には従わねばなりませぬ。ですが慶勝公にはまた必ず、御目にかかります」
慶勝が今もっとも話したい斉彬は、この西郷の中にいるのかもしれなかった。

四月の半ばに久光が一千の兵を引き連れて上洛すると、京の気配は一変した。久光はすぐに参内し、幕政改革の建言書を帝に奏上した。前に斉彬が幕府に出そうとしていたもので、今回は朝廷の権威でくるんで幕府に呑ませる算段だった。

建言書は公武有和《ゆうわ》を願い、雄藩の幕政参加をうったえていた。春嶽を大老に据えたいが、福井松平家にはその格がない。だから政事総裁職と名を変えて、実質的な大老の働きを持たせようともしていた。

久光は並々ならぬ決意で上洛したようだった。斉彬の遺志を継ぐというのも、あながち口ばかりではない。

慶勝にとっては久光が佐幕なのは心強いことで、建言書に一つ加えてもらおうとしていたところへ事は起こった。久光が伏見の寺田屋に籠もる過激な薩摩藩士に手を下し、後日を含めて九人が死に、二十人以上が処分されたのだ。

幕府は今、誰よりも久光を頼みにするべきだった。だが朝廷にしてもそれは同じだったようで、江戸へ届ける建言書は勅使が先導することになった。

なかなか、大した御仁ではないか――

西郷は久光を斉彬ほど働けぬとくさしたが、京へ入って数日でこれほどのことをしてのけたのだ。

それにひきかえ慶勝は何をしてきたのだろう。和宮降嫁の条件をわずかも下げることはできず、京の治安を守ると言いつつ、まだ降嫁の返礼に将軍を京へ呼ぶこともできない。もしもこのまま家茂が上洛することになれば、攘夷はいつ果たすと、将軍が窮するほかない問いを投げられてしまう。

久光はたしかに寺田屋の過激攘夷派を一掃させたが、長州にも土佐にも、尾張にも似たような手合いはいる。京での慶勝の存在など、せいぜいが煮立った鍋の落とし蓋一枚にすぎない。

「久光公はいつ江戸へ出立される」

慶勝は陸ノ介に尋ねた。鳴り物入りで京へ来た久光と慶勝が会うわけにはいかず、行き来はずっと陸ノ介に任せていた。

「五月の中頃と存じます。兄上は、建言書に一つ加えると申しておられましたな」

寺田屋の手入れで京が鎮まっているのも今だけで、これからはいよいよ騒がしくなる。じきに所司代だけでは京を抑えられなくなってしまう。

「この地にも新たな兵を置いていただくのがよかろう。京都守護職とでも呼べばどうだろうな」

「なるほど。軍兵を入れますか」

大名をそれに任じ、その者に軍勢を出させるのだ。幕吏として徳川の家士に京の治安警察をさせるのではなく、他家の家臣を使い、京を抑える。

それには幕府が京を預けられるほど信の置ける、徳川のために労を厭わない大名でなければならない。しかも今の京を鎮めるのはかなり難事だ。

「大任でございますな。下手な大名が来ればかえって尊攘派を、ひいては倒幕派を勢いづかせることになりますぞ」

「左様。容保しかおるまい」

あっと陸ノ介が息を呑んだ。

「たしかに、容保ならば」

京に入れば朝廷とも付き合わなければならない。公家が千年も幅をきかせてきた土地で武張るばかりの大名が上から押さえつければ、かえって反発を受ける。

「ですが容保が引き受けるでしょうか。いや、受けさせねばなりませぬか」

「その通りだ。それゆえ陸ノ介、江戸へ戻って容保に話せ」

寸の間こちらを見返して、陸ノ介はうなずいた。

「して、何と説きますか。京は尊攘派たちで足の踏み場もございませぬ。兄上がおられるゆえこれで収まっておったものを、いよいよとなって任されるとは」

「保科公ならばお引き受けになると言うてやれ」

陸ノ介は呆れたように目をしばたたいた。宗家第一という家訓を遺した、容保が敬ってやまぬ藩祖の名を持ち出すのだ。

「保科公は、くれぐれも宗家を頼みおくと今際《いまわ》の際《きわ》の家光公に手を握られた。あの御方なら万難を排して引き受けられるであろう」

陸ノ介がふてぶてしい息を吐いた。この苛立ちは容保のためのものだ。

「兄上も酷いことを仰せになりますな。今の世に、誰よりも己を貫くのが難しいのは容保でございますぞ」

藩祖、保科正之には宗家に逆らえば子孫とは見なさぬと言われ、清らかな天子のおわす京の町でときには太刀を振るって倒幕派を叩かねばならない。

今はまだ勤皇佐幕もあるが、そのうち勤皇と佐幕が対立を深めていくことはもう分かりきっている。

「それゆえ陸ノ介に行かせるのではないか。そなたほど容保の苦衷《くちゅう》を分かってやれる者もおるまい」

容保はきっと、宗家に火の粉がかかるのを一番に恐れるだろう。あの弟はそこまで図抜けて清らかだ。

それを分かりながら説けるのはやはり陸ノ介しかいなかった。

二

これほど京の奥深くまで来たのは初めてだった。百万遍の尾張藩邸ではまだ青々としていた木々が、もう黄や朱色に染まっている。慶勝は今日、上洛して初めて公卿の岩倉具視を訪ねることにしたのである。

山は馬を進めるにつれて、息をするように膨らんで迫ってきた。辺りには濃い草の香りが満ちて、どこからか川のせせらぎも聞こえてくる。はるかに見上げる比叡山から東山の稜線は、市中よりもなだらかで美しかった。

まっすぐに天を指している杉のあいだを蹄《ひづめ》の音が響きわたっていく。町中の喧噪が嘘のようで、一歩進むごとに慶勝の心は浄《きよ》められていった。

岩倉の寓居は周囲の百姓屋と変わらぬつつましい茅葺《かやぶ》き屋根で、子供の背丈ほどの土塀の向こうに母屋と離れが並んで建っていた。門はなく、ただ土塀の切れたところから入って行くと、中からはこちらが窺える造りである。

正面の座敷の障子が半分だけ開かれており、慶勝と陸ノ介が馬を降りるとすぐ小柄な男が現れた。

いかにも軽剽《けいひょう》な質のようで、家人の取り次ぎが煩わしくて自ら出て来たらしかった。出家したと聞いていたが、頭には小さな髷が載っていた。

「ずいぶん遅いお出ましではないか。京へ来られてどれほどになる。今時分、お初にお目にかかろうとは」

「そのように仰せあるな。私が会いに参ればかえってお立場を苦しゅうすると思うて控えておったまで」

今日訪れることは先だって陸ノ介が伝えていたので、互いに名乗りはしなかった。

「おお。さすが侍は、政が分かっておるようじゃの」

岩倉はきゃっと甲高い笑い声を上げたが、すぐにぷいと顔を背けた。

慶勝たちは座敷で茶を馳走になった。岩倉は陸ノ介が土産に携えて来た戎通《えびすどおり》の羊羹《ようかん》に嬉しそうに顔をほころばせていた。

この岩倉は和宮降嫁のとき、帝の勅使として江戸まで和宮を送って来た。だが降嫁には破約攘夷という条件が付けられていたから、朝廷は実行されないことにしびれを切らした。さては岩倉が幕府と通じて騙したのかと、いっきに朝廷で孤立を深め、官位を奪われて出家したのである。

岩倉はふてぶてしくも見える顔で庭の紅葉を眺めていた。もともと公家とはいえ名門の生まれではなく、並外れた才智で帝のそば近くまで上り詰めた男である。

「羨ましいような侘び住まいじゃな」

慶勝は心底そう思った。庭に枝を広げた紅葉の輝きは格別で、岩倉は枝の一振りまで吟味してこの楓を選んだのかもしれなかった。

だが公家にせよ武家にせよ、結局は出自が左右する。岩倉が佐幕派と目されて朝廷を出されたのも、身の程を弁《わきま》えないという妬みがあったのだろう。

吸い込まれるように美しい紅葉を見ながら、慶勝はふと思った。なぜ出自がすべてなどということがあるのだろう。そんなものに縛られているのは愚かで、しかも無駄ではないか。

「全く幕府はいつ攘夷を決行なさるやら。いっこう何もしてくださらんゆえ、麿《まろ》までこのような暮らしに追いやられた」

「そのうち謹慎など解かれましょうぞ」

「さて、お武家のようにまいりますかの。和宮さんをお連れしたばかりに、このような目に遭わされて。もう公武一和も終いじゃなあ」

「気楽な無位無官ゆえ動きやすいということもあろう。今の世には何よりじゃ」

するとと岩倉はにやりと笑った。

「慶勝殿も、たしかに御三家筆頭のままでは、おいそれと京に留まってもおられぬわな」

「その通り」

岩倉も皮肉な顔つきをやめ、軽く腕組みをした。

「お武家も大変じゃわのう。此度は頼みの島津公が、生麦の」

「ああ、しかしあれは仕方がない」

そう考えるのが己の限界かもしれないと慶勝は思う。だが生まれにこだわるのは愚かでも、どうにも身に染みついて越えられぬものはある。

勅使を連れて京から江戸へ下向した久光の一行は、帰りに神奈川の生麦村で、前を横切った英国人を殺傷した。あとはもう大騒ぎになり、幕府を飛び越えて薩摩と英国はいくさの構えである。

しかし久光の行列には勅使もおり、付近には街道止めが中し渡されていた。その前を遮って馬上から眺めるなど、海の向こうでも許されることなのか。知らなかったと突っぱねて詫びも入れぬなら、日本へは来ぬがいい。

「久光公でなくとも、あれは許さぬ。久光公はようやってくだされた」

「たしかにまあ、攘夷とも開国とも別の話であろうなあ」

だが攘夷派を勢いづかせたのは事実だった。そして英国もただで済ませるはずはないから、万一いくさになれば、負けるのはこちら側だ。

「さて、どう決着をつけますかなあ。帝の叡慮は鎖国攘夷」

「実のところ、どうなのだ。幕府を、帝は嫌《きろ》うておられるのか」

生麦のことはまさに別件だ。

ふむ、と岩倉も考え込むふりをした。

「慶勝殿は遠回しな物言いはせぬ御方らしいの。公家どもより、よほど地に足がついておられるわ。今ここで英国との成り行きなど案じておっても仕方がない」

居留地では外国人が騒いでいるが、逆にあれだけの外国人が暮らしていれば、すぐいくさにはならない。各国の公使もいるし、いくらなんでもいきなり大砲を撃ちかけて来ることはないだろう。

どうせまた品川辺りに軍艦が押し寄せて交渉を始めることになる。幕府としては当分は英国の出方を待つしかない。

「運の良いことに今上帝はたいそう英邁《えいまい》な御方でな。外国は嫌うておられるが、幕府にはこれからも政を委ねるおつもりよ。ゆえに、公武一和しかあるまいと麿も考えておったが」

「今さら鎖国には戻せぬであろう」

「いかにも。それゆえ叡慮を向き変える」

「開国にな」

「ああ、開国に」

岩倉とは上手く話が嚙み合った。

「ただし幕府には、もう少しへりくだっていただかんとなあ」

「左様じゃの」

どのみち幕府には前ほどの力はなくなる。雄藩も朝廷も、幕府の政には口を出すようになる。

慶勝は京に来るまでは岩倉のことも、帝を隠す御簾《みす》の一枚ぐらいに考えていた。公家など手のひらで転がせると思っていたが、どうもこの男はそうではない。

「とにかく洛中のあの騒々しさ、きな臭さ。将軍家は帝へ挨拶にも来ん。なんぞ、新しい守護職さんは手を打ってくださるのか」

「お耳が早《はよ》うござるな」

生麦での一件といい京都守護職といい、これほど鄙《ひな》の里に住んでいながら岩倉はどんな繫がりを持っているのだろう。

「まあ、制外は動きやすいわの。だが京は血なまぐさいことになるのではないか」

「ほう。公家衆にそのようなことが分かりますかな」

岩倉はにやりとした。

「千年も京に巣食ってきた公家ならばこそ分かるのよ。京がここまでになれば、もう終わる」

何がとは、慶勝は尋ねなかった。

公家も武家も垣根がなくなっている。これからは真に、政に長けた者が世の中を動かしていくだろう。そうなれば幕府も公武合体などと、いつまで言っていられることか。

岩倉の頭の髷を眺めながら慶勝はぼんやりと、公武一和ももう時代遅れなのだと思っていた。


容保が上洛し、慶勝はさっそく馬で京都守護職の本陣へ行った。尾張藩邸からは四半刻もかからない金戒光明寺《こんかいこうみょうじ》にあり、裏道から本堂へ回ると洛中がきれいに見渡せた。大きな鐘楼の傍らの楓は枝先が赤く染まり始めていた。慶勝は長いあいだ容保とその下に佇《たたず》んで、秋の終わりの京を眺めていた。

慶勝たちの父義建が、容保が京へ来る少し前に亡くなっていた。容保が守護職を引き受けることにしたと伝えたとき、義建は大御心に従って生きるようにと言ったという。

「陸兄上は良いところを見つけてくださいました。さすが京には美しい寺があるものでございます」

ここを本陣にすることは陸ノ介がすすめ、会津藩筆頭家老の田中玄清《はるきよ》たちが一足先に入洛して準備を整えた。市中より高台で、一帯に配下一千人が暮らす。

「ともに陸ノ介も来ると思っていたがな。彼奴、何をしている」

「ほんの十日ほど遅れるだけでございます。ゆっくり遊山をしつつ来てくださるほうが宜しゅうございます」

容保は優しく微笑んだ。

陸ノ介は澪たちも京へ呼び寄せることにしたのだが、容保のほうは昨年、敏姫を喪《うしな》っていた。だがそれで容保は京へ来る決心をしてくれたともいえる。

「陸ノ介のことだ。茂徳を案じて、しばらく江戸に残るつもりかもしれぬ」

「茂兄上の……。尾張のことは兄上がお考えになったのですか」

「ああ、そうだ。茂徳が手を下せば禍根を残しかねぬ」

慶勝は春嶽に頼んで、幕府から命じる形にして国許家老の竹腰兵部を隠居させた。もともと尾張の付家老たちは藩主の一存では処分できない慣例だったので、茂徳には一切関わらせなかったのだ。

慶勝が謹慎させられているあいだに茂徳は尾張を佐幕で統一していた。江戸家老の隼人が慶勝とともに謹慎したため、国許にいた兵部が主導したのだが、世の中のほうがもっと目まぐるしく動き、このまま佐幕一辺倒で進むのも危うくなっていた。

和宮の降嫁も成ったから幕府は公武合体が進むと信じているが、京にいるととてもそうはなるまいと肌で感じる。降嫁を実現した岩倉たちが処分されたのもその表れで、次に朝廷は一刻も早い攘夷を幕府に迫って来るだろう。

もはやこの国を動かしているのは朝廷だといってもよかった。幕府はその先鋒を務めて矢面に立たされているにすぎず、己の意志など誰にも顧みてもらえない。

幕府が公武一和を望むなら攘夷は必須だが、とてもそんなことはできない。薩摩が生麦で起こした事件もまだ解決されていないのだ。

攘夷と開国と、尊皇と佐幕に分けて考えるとすれば、まず選びようのない道が攘夷だ。こればかりはどんな神風が吹こうと諸侯が一丸になろうと不可能だ。

だがだからといって開国を推す幕府が尊皇に勝るかといえば、決してそうはならない。今や佐幕でない武士は多いが、勤皇でない者は日本にはいない。武士の作った幕府は鎌倉も足利も滅んだが、朝廷ばかりはそのずっと前から続いているから、あとはせいぜい徳川が同じ轍《てつ》を踏まぬように気を張るだけだ。

それには尾張が佐幕一色というのはいかにもまずかった。宗家の側に立つのは当然としても、軸足が一つしかなければ、もたれ合った挙げ句の共倒れだ。

「いずれ朝廷は幕府に攘夷を迫るであろうな」

「そうでしょうか。帝はまさに日本そのものの御方でございます。日本の土が荒れるのはお厭ではないでしょうか」

慶勝は首をかしげた。容保の言うことがよく分からなかった。

容保は静かに楓に見入っている。

「帝は日本の土に外国の大砲が撃ち込まれることがお辛いのではないでしょうか。帝にとってはそのお体から血が流れるのと同じでございます」

「ふむ……」

容保は二十八になった今も純粋だった。まだ京に来て日も浅いが、初めて御所の御門の外に立ったときから、どこか透き通った少年のようになった。

――ああ、あちらにおわします。

容保はすっと内裏に指をさして、あの屋根の下に帝がいると微笑んだ。

帝のおわす場所から朝日のように光が差していると言ったのだが、容保が口にすると真実にしか聞こえなかった。

だから慶勝はあのときから、きっと容保にだけは光も見えるのだろうと思うことにした。

――いつかお目にかかることもできるであろう。そのとき確かめてみるがいい。

慶勝が言ったとき、容保は目をしばたたいて首を振った。

――私のように汚らわしい身が、とても拝謁するようなことはできません。

――かまわぬであろう。帝も聖人君子とばかりおられるわけではない。どんな愚かな殿上人がおるか、そのうち容保にも分かる。

そう言って二人で笑い合ったが、慶勝はこの弟のそんな清らかさが誇らしくもある。

「しかしな。帝が鎖国攘夷と仰せになれば、容保はどうする」

はじめから諦めきっていた岩倉の声が、今も慶勝の耳朶《じだ》には残っている。

「それは帝が真実をご存知ないからです。なぜ開国しなければならないか、そうでなければ帝の民がどのように苦しむか、それをお伝えすれば攘夷などとは決して仰せになりません」

容保は断言した。容保に言われるとそうだという気がしてくるから大したものだ。

「やはり容保が京へ来たのは運命だったかもしれぬ」

「忝うございます。ですがゆくゆくは諸藩にも順に、京を警衛させてはいかがかと存じます」

「諸藩にか」

「はい。半年ずつ、いや三月ずつでも」

「ふむ、名案かもしれぬ」

容保が魁《さきがけ》となってこの難しいときを収めることができれば、それもいいかもしれない。

「あとは、佐幕の志士を募ってみてはどうでしょうか」

「新規召し抱えか」

「はい。気ままに脱藩などをして、食客気取りの者も多うございます。ならば徒党を組む前に幕府が囲い込むのでございます」

そういえば江戸にいたとき、陸ノ介が通う道場には幕府を信奉する百姓や浪人たちも多いと聞いた。たしかにそんな者たちを野に放っておくよりは、懐に入れれば一石二鳥だ。

「ともかくは将軍家の上洛を叶えてからだがな」

「左様でございますね。公武一和のなによりの表徴となりましょう」

「ああ。それに幕府が帝から大政を任されている証にもなる」

だがそのとき帝じきじきに攘夷を命じられたら幕府は身動きが取れなくなる。

江戸ではあわよくば条約勅許をと考えているが、とてものこと無理だろう。孝明帝は幕府がアメリカと修好通商条約を結んだとき、激怒のあまり譲位すると言い出したほどなのだ。

慶勝はそっと容保を見た。なぜかこの弟を見ていると胸が鎮まってくる。どこかに道が開けるような希望が湧く。

「容保が会津の養嗣子に決まったのと同じ年、今上帝は践祚《せんそ》されたそうだぞ」

慶勝がそう言ってやると、容保はぱっと明るい顔をした。

「まことですか。帝と私は四つ違いでございますよ」

なにがそこまで嬉しいのか、容保は頰を染めて軽く跳ねている。

「帝はたった十六で即位なさった。容保が藩主になったのは、たしか」

「私は十八でございました。会津藩二十三万石、それだけでも荷が重うございましたのに」

「ああ、左様だな」

それでも容保は家士からも慕われる立派な藩主になった。慶勝には自慢の弟だ。

慶勝は赤く輝く楓を見上げた。容保の京での日々が安寧であるように、慶勝はただの楓にまで手を合わせたい気がしていた。

三

二月のその日、慶勝は慶喜と二条城にやって来た。将軍家茂の上洛が来月に迫り、検分を兼ねて諸事内密の話をするためだった。

先だって将軍後見職に就いた慶喜は精力的に朝廷と折衝を始めていた。昔、慶勝は父の義建と、水戸の父子を立て板水と呼んで陰口をたたいていたが、それがそのまま三十近くになった慶喜は、いよいよ勝ち気で力をみなぎらせていた。板を勢いよく流れる水というより、水が足りずに跳ねる鯉だった。

慶勝は斉昭の姉の子だから慶喜とは従兄弟にあたる。歳はこちらが一回りより上だが、慶喜は城の中でも遠慮なく先に歩いて行くようなところがある。慶勝はぼんやりと慶喜の背を眺めながら、この尊大さはどこから来るのだろうと考えていた。

きっと身分や育ちだけではない。誰にもできぬことを己だけはできると思う、その揺るぎない自信から来ているのだと、遠侍を通り過ぎる頃にはあたりをつけていた。

「なんと見事な虎と、これは豹か。まことと、このような城を二百年も使わずにな。絵師もさぞ歯嚙みしておったろう」

広間を進むたびに慶喜は襖絵の一つにも賛辞を惜しまず、ふいに立ち止まっては鴨居をじっくりと見上げる。まめで万事に気配りができ、さすがに才智が迸《ほとばし》っている。

ただ、ときに誰もおらぬかのように振る舞うのはなぜだろう。真実、慶勝が目に映っていないのか、頭からものの数に入れておらぬのか。

「さて何から話そうかな、慶勝殿」

「では攘夷の勅旨を承った一件をお聞かせいただこう。どのように始末をつけるおつもりか」

「いや、それは後だな」

将軍後見職殿はひらひらと手を振ったと思うと、あっさり話を取り消してまたすぐ歩き出した。

慶勝は小姓のようにその後をついて行く。ただ内心では、はしゃぐ子に先を行かせている親のつもりだ。

慶喜は昨年末、攘夷決行を帝に約し、それとひきかえに家茂が上洛した折にあらためて大政委任の勅許をいただくことを取り付けていた。それはもちろん大きな進展だが、朝廷はすでに攘夷を督促し始めている。慶喜は一体どうやって攘夷を実行するのか。

「そうだな。まずは春嶽殿のことからお聞かせしよう。政事総裁職を辞されたわ」

思わず慶勝は足が止まった。だが慶喜は見向きもしない。

「幕閣があまりに協力せぬゆえ、しびれを切らしたようだな。このようなときになっても、結局は家格がなければ幕閣を抑えられぬ」

「家格？　何のことだ」

慶勝は憤然とした。春嶽で無理なら、もう人がない。

「老中どもが、よほど好き勝手を申しておるのか」

「いやはや、理由ならばほかにもあろう。薩摩の生麦事件の始末も進んでおらねば、尊攘派はいよいよのさばっておる。春嶽がおるせいで評定すら開かれぬとなれば剣呑であろう」

辞任するしかなかったろうと慶喜は冷たく言った。

「どういうことだ、春嶽殿は実のところ、攘夷の決行を迫られて窮したのではないか」

「そうかもしれぬ。だが辞めて事が収まらぬのが家格の足りぬ証だ」

「何を申しておられる」

「いや、そのうち分かる」

慶喜は式台間を通り過ぎ、二の間からためらわずに一の間へ上がった。

さすがに慶勝は下段で足を止めた。本来、将軍しか上がってはならない場所だ。

「どうなされた、参られよ。これこそ狩野の筆じゃ。なんと雄々しい松か」

将軍の御座所も顧みず、慶喜は障壁画に手を伸ばして松の枝をなぞっている。

慶勝は下段で待ち続けた。

やがて慶喜は薄い笑みを浮かべて下りて来た。

「どのように朝廷から大政委任を取り付けたかと申せば」

気をもたせて慶喜はまた歩き出す。

「委任なさらぬならば朝廷に返上し奉る。どちらが良いと問うたまで」

「なんと、そのような方便で大政委任を引き出されたか」

「左様。内も外も諸事多難。朝廷などに何ができるものか」

慶勝はあっけにとられた。

「水戸は徳川一の尊皇と名高いが、慶喜殿はそうでもないようだな」

「いいや、筋金入りの徳川一よ。私の母は有栖川宮《ありすがわのみや》の出ぞ。それゆえ公家どもが帝を正しく補佐し奉らぬ無礼が許せぬ」

ずけずけと歩く慶喜の後を追いかけるようにして黒書院に入り、そこでようやく二人揃って腰を下ろした。

ここは将軍が家門の大名たちと対面する座敷で、襖絵は水面に白梅が散りかかるあでやかなものだ。

「さあ、では攘夷決行の一件、秘策をお聞かせいただこう」

「そのようなものはない」

慶喜はあっさりと言い捨てた。

慶勝は唖然として慶喜を見返した。もう勅旨は受けてしまったのだ。来月、家茂が帝に拝謁すれば、決行に猶予をつけることも難しくなる。

「ではどうやって朝廷を納得させる」

「私が江戸へ帰り、やはりできなかったと申すまで。そのときは将軍後見職、辞するわ」

「まさか、はじめから帝を謀《はか》るつもりだったと申すか」

それで春嶽には家格が足りぬと言ったのだろうか。政事総裁職を辞しても春嶽は何一つ引き換えにはできなかったということか。

慶喜は癇癪《かんしゃく》を起こしたように立ち上がると、迷わず将軍の御座所に腰を下ろした。

そこから睨むように眺め下ろしてきたので、慶勝は胡座を組んで姿勢を崩した。

「まこと、慶喜殿は大それたことをお考えなさる」

「他にどのような手があると申すのだ。帝の周りは過激な尊攘派ばかりじゃ。皆が手をこまねいているあいだに、夷狄に神州を踏み荒らされればなんとする」

「京における者の役目は、帝にご信頼いただける臣下になることではないか。信義なくば御威光も……」

そのとき春嶽の顔が浮かんで消えた。かつてそう言ったのは他ならぬ春嶽だ。

その春嶽が幕府を見捨てたということか。

「慶喜殿、この場はそれで収まろうとも、つけは大きゅうなりますぞ」

「案ずるな。横浜港を閉じる。攘夷決行はそれで勘弁していただく」

「横浜の、鎖港だと？」

信がないことには変わりがない。なにより、港の一つを閉じたぐらいで済むはずがない。

第一、横浜の居留地には大勢の外国人がいる。彼らをどこへやるのか。そして達《たっし》に従わぬときはどうするのか。

「まあ、約してしまったものは仕方がない。私とそなたが諍《いさこ》うておるときではなかろう」

そんな言葉で慶勝まで言いくるめるつもりだろうか。

慶勝はこれ以上はないという大きなため息をついた。小賢しいが、こうとなっては慶喜の言う通りだ。ほかに打つ手はなく、すでに帝には奏上してしまっている。

「ならば、そなた。なんとか辞さずに言い抜けてみせるのだな」

「何をだ」

「朝廷が大政を返上されても困るというのと同じことじゃ。分かっておるのであろう、幕府も慶喜殿に将軍後見職を辞されては困る。ならばそなたも、やった上は居直ることじゃ。将軍後見職、投げ出さずに見事務めてみせよ」

この時局を乗り越えられるのは慶喜だけかもしれない。しかも慶喜には、余人には如何《いかん》ともしがたい高い家格がある。

「では慶勝殿は私を手伝《てつど》うてくださるか」

「もとより、できることは何でもいたす」

「おお、それは重畳」

慶喜は喜色満面で上段から下りてきた。慶勝の前にどっかりと腰を下ろし、酩酊したように身を乗り出した。

「ならば私は大手を振って江戸へ帰るとしよう。慶勝殿は急進派の公家どもをどうにかせよ」

「それをそなたがするのではないのか」

慶勝はまたあっけにとられた。慶喜のしたたかさには時折、開いた口がふさがらない。

「私は幕閣に横浜鎖港を承諾させねばならぬゆえな」

「しかし横浜には横浜の事情があろう」

「そのようなことを申してはおられぬ」

慶喜と話していると何回ため息をつかねばならないのか。仕方ない、ほかにない、そう言って切り抜けられることばかりではないだろう。

「ああもう、よいわ。どのみち慶喜殿は当分帰れぬ」

将軍家茂の上洛までもう一月も残されていない。ならば慶勝はせいぜいその手腕を見せてもらうことにする。

小莫迦にしたように慶喜はふんと笑った。


慶勝は粟田口《あわたぐち》で小半刻も街道の先を睨んでいた。

「このようなところに殿がおられては、誰も恐れをなして京へ入れませぬぞ」

「おう、ならばちょうど良い。これからは毎日、私は関守をするか」

風も心地がよく、隼人と並んで床几に座り、街道の先へ手庇をたてた。たしかに風体の怪しげな浪人たちはくるりと向きを変えて、来た道を戻って行く。

やがて街道の先に二人連れの若い男女が、隣に駕籠かきを連れて現れた。

「陸ノ介!」

慶勝が大声で呼んで手を挙げると、女のほうが軽く飛び上がるようにしてその場に手をついた。あわてて慶勝が立ち上がったとき、陸ノ介が女を起こしていた。陸ノ介の連れは澪と、駕籠の中はばあやの加祢だろう。

駕籠から老女が降り、三人で転がるようにして駆けて来た。

「待ちかねたぞ、陸ノ介。道中恙なかったか」

「まさか兄上じきじきにお出迎えいただけましょうとは。京でもこのように気軽にお出かけですか」

このところの京がいよいよ物騒だというのはもう江戸でもよく知られている。

「容保のおかげで、京はこれでも少しは静かになったぞ」

慶勝は澪と加祢に微笑んだ。

「二人も、よく決心してくれた。陸ノ介は藩邸には入らぬというのでな。町屋暮らしはなにかと不便もあろうが」

「滅相もございません。私のような年寄りまでお連れいただいて、加祢はもう仕合わせで仕合わせで」

そう言って老婆は涙をこぼした。

陸ノ介たちは加祢に駕籠を使わせ、一月かかってようやく京に着いた。そのあいだに攘夷が決行され、長州藩は決行期日にあわせて外国船を砲撃した。即刻アメリカなどが報復攻撃に出て、下関は今では焼け野原になっているという。

「京はさぞ騒がしかったのではございませんか。道中、さまざまなところで長州の噂を耳にいたしました」

「皆、長州はようやったと申しておるようじゃな」

脇から隼人が口を開いた。

「ですが陸ノ介様。幕府は、日本から先に撃つことは禁じてまいりました。長州の振る舞いは攘夷とは申せませぬ」

隼人は理詰めの開国派で、前のめりになっていた。

だが尾張藩には新左衛門など、長州の砲撃をよしとする者も多い。今回のことで京はまた一層うるさくなった。

「幕府の申してきた攘夷とは、ゆくゆくは通商条約を反古にするということでございます。海峡を横切っていた商船をいきなり砲撃するなど、なんと野蛮な国と思われたことか」

「ああ、知っている。薩摩の久光公も、長州は笑止千万じゃと申されたのであろう」

陸ノ介はうなずきつつ苦笑している。

「大砲など、憤懣《ふんまん》をためておる者が撃ちとうて撃つのよ。大義も糞もあるか」

それでも慶勝は、子供のように顔を輝かせて大砲に触れていた新左衛門を思い出す。あの直情な新左衛門も、沖を行く大きな外国船にはさぞ大砲を撃ってみたかったことだろう。

陸ノ介と並んで加茂川沿いを歩くと、この時節はとりわけ柳の緑がまぶしかった。後ろで澪たちは京の美しさを褒めそやしている。

「長州は諸藩に攘夷決行を呼びかけたが、どこも断ったようでな。孤立となれば、これで長州も変わるのではないか」

もう一つの攘夷、横浜鎖港がどうなるかは分からないが、相手国のあることは、交渉の末にうまくいかなかったと言えば幕府の面目は保たれる。やはり慶喜は巧みな手を思いついたのだと言える。

例の薩摩が起こした生麦事件のほうは、英国から謝罪と賠償金を求められていた。薩摩とはこれからだが、幕府はすでに賠償金を支払っている。

「久光公のことだ、まさか長州のような砲撃はなさるまいが、あれとは元から話が違うからな」

「薩摩には下手人の引き渡しも求めておるそうでございますな。春嶽公が、さまざまお骨折りのようですが」

陸ノ介は江戸で春嶽とも話してきたという。政事総裁職は辞したが、結局のところ老中たちが頼るとなれば春嶽と、あとは土佐の山内容堂《やまうちようどう》ぐらいしかいない。

「幕府と英国はじきに決着すると存じます。ただ薩摩があくまでも拒むとなれば」

下関の例もあると陸ノ介は言った。意気盛んに攘夷を行っても、たった一日で城下は火の海だ。

慶勝は相変わらず妙案も浮かばず、そっと後ろの澪たちの声に耳を澄ませてみた。叡山を指し、愛宕《あたご》山のほうが高いそうだと左右を見比べていたかと思えば、如意ヶ嶽の大の字に感嘆の声を上げている。これが生きているということだと慶勝はしみじみ思う。

「まあ、澪様。あれは、せきれいでございますよ」

「まあ、ほんとう。なんて美しいのかしら」

「あれまあ、あんなに鴨のそばに寄って。鳥には縄張りはないんでございますかしら」

「鴨もなんて美しい緑をしているのかしら」

「まあまあ。澪様は最前から、美しい美しいばかりおっしゃっていますよ」

「だって、美しいものは美しいんですもの」

声を潜めてはいるが、弾んだ笑い声が絶えない。どれほど陸ノ介が満ち足りた暮らしを送っているかが見えるようだ。

「おお、たしかにせきれいがおるな」

慶勝が振り向くと、二人はあわてて頭を下げた。だが嬉しそうに目顔で合図し合って笑いを隠している。

「兄上は昔から水鳥がお好きでございますな」

「ああ、好きだ。なんと言われようと、好きなものは好きだ」

澪の口ぶりを真似ると、皆が揃って笑い声を上げた。

空はすっきりと晴れていた。梅雨が早くも過ぎて、川の対岸に御所の森が見えてきた。

後ろの二人はさっそくそちらへ向けて手を合わせている。

「容保はな、あれこそもう帝が好きで好きでたまらぬ病のようじゃ」

「さもありましょうな。容保は昔から清いものが好きでした」

「ああ、そうだな。花の美しさがいや増すのは、口がきけぬゆえだと申しておった」

「渇しても愚痴をこぼさず、手折られても文句も言わず。敏姫がまさにそのような御方でございましたな」

慶勝はうなずいた。あの御所におわす帝もまさにそうだ。不和を厭い、じっと鎮まっておられる。

「陸ノ介は新撰組の幾人か、道場で見知っておる者もあるのだろう」

「はい。剣術は猛者《もさ》が大勢おりまして、私も敵わぬ者ばかりでした」

「ほう、陸ノ介が敵わぬか」

陸ノ介は困ったように額に手を当てて微笑んだ。

「試衛館では天然理心流を教えましたが、あれは鹿島新當流に発しております。棒術や活法《かっぽう》は無論、何を用いてもかまわぬゆえ勝てと教えます」

「とにかく勝て、か」

「はい。しかもすべての技に裏技がございます」

思わず慶勝は目をしばたたいた。容保の配下に組み入れられた新撰組は皆、肩で風を切って京の町をのし歩いている。このところは町なかで斬り結んだという話がぽつぽつと聞かれるようになっていた。

「これからは京も血なまぐさいことが増えるかもしれぬ。新撰組は幕府にとって諸刃の剣じゃ」

「ですが尊皇攘夷といえども急進、過激はなりませぬ。それを排除せねば、何も纏《まと》まりませぬ」

横から隼人が口を挟んだ。新撰組はまさしくそれをそぎ落とすためのものだ。

「過激が過激を潰すのか。共倒れになればよいが、その合間を幕府ばかりがすいすいと泳ぎ渡ることはできぬであろうな」

加茂川を遡り、北からの二筋が交わる加茂大橋のたもとに着いて思う。尊皇と佐幕をこの流れのように、緩やかな一筋にできぬものか。

「澪、加祢」

慶勝は微笑んで振り向いた。

「江戸はどうであった。あちらは開国と攘夷でうるさかろう。それとも尊皇と佐幕よりはましかの」

澪と加祢は顔を見合わせた。そしてどちらともなく笑顔になって澪が応えた。

「私どもは何も分かりませんが、上様と和宮様はたいそう仲睦まじゅうお過ごしだと皆が噂しております」

「おお、そうか。それは重畳じゃ」

「此度の上様のご上洛も、京はいけずが多いゆえお行きにならぬように、和宮様がお止めになったとか」

ねえ、と澪が加祢に顔を向けると、加祢は何度もうなずいた。

「左様でございます。寒い京へ、なにも冬に参られることはないと。それで引き延ばして春に入られることになったそうでございますね」

慶勝と陸ノ介は笑顔になった。

市井《しせい》の人々のほうがよほど悠然と、厄介ごとを円く包み込んでいく。攘夷だの鎖港だの、差し迫っているのは江戸のほうだろうが、この大らかさはどうだろう。

人とは元来、そんな円く優しいものなのだ。京にいる憂国の志士たちが過激にすぎるのだ。

尊皇も佐幕も、決して対立するばかりではないはずだ。帝は幕府に政を委ねることを望み、その幕府に帝を嫌う者は一人もいない。あとは幕府の打つ手次第ではないだろうか。

慶勝ははるかな川下に目をやった。家茂と和宮という若い二人がそうなら、日本はきっと良いほうへ向かう。

「日本はまだまだ生まれたばかりの国なのだな」

後ろの二人はまるで鳥が歌うように笑っている。慶勝はそれをいつまでも聞いていたいと思った。

第五章　暁のとき

一

慶勝が薩摩藩士の高崎正風《まさかぜ》に会ったのは今日が二度目である。一度目は先月半ば、薩摩が英国から攻撃されて戦火を交えた後に、久光の使者としてこの尾張藩邸へ来たときだった。

「して、此度の用向きは」

慶勝が座敷へ入ると、正風はすぐに顔を上げた。

「どうかわが薩摩に、慶勝公の軍勢をお貸しくださいませ」

「尾張の軍勢を、薩摩にだと？」

慶勝が陸ノ介に目をやると、黙ってうなずいてきた。正風を連れて来たのは二度とも陸ノ介だ。何かが起ころうとしているのだろうか。だが、どこで何が起こるのか。

「隼人」

慶勝は正風から目をそらさずに命じた。

「今すぐ金戒光明寺へ参れ。容保をここへ」

隼人は頭を下げるのも忘れて座敷を出て行った。

生麦事件のあと、薩摩は英国と交渉を続けていたが、ついに決裂して丸二日にわたって英国艦隊の砲撃を浴びた。鹿児島城下のおよそ一割が焼失し、砲台や弾薬庫にも著しい被害が出た。薩摩の蒸気船は三隻も奪われ、今は和議に向けて交渉が再開されている。

「慶勝公は薩英戦争の一件、どのようにお考えでおられます。薩摩が外国船を砲撃した事情は、長州とは全く違《ちご》うております。わが主、久光は……」

「そのことならば案じるな。土佐の容堂公からも、あのあと文をいただいてな。長州の暴挙とは天地の相違、感服の至りであったと書いておられた」

「ああ、まことに忝うございます」

正風は容保ほどの歳だろうか。むせび泣いてしばらくは口もきけなかった。

「生麦であのようなことになったのは、むしろ、よくぞやってくだされたと思うておる」

正風はついに突っ伏した。陸ノ介は思い詰めた顔でじっと正風を見守っている。

六月に長州が焦土になり、今はまた薩摩がいくさで、京の一触即発を知りながら久光は上洛することもできずにいた。下関での外国船砲撃は良くも悪くも派手な花火を打ち上げたようなもので、薩摩の不在と相まって、京では急激に長州が伸《の》してきていた。

十日ばかり前、長州から藩家老が兵一千余りを率いて上洛し、参内して攘夷決行を事々しく帝に上奏した。長州は引き続き攘夷を行いたいが諸藩が応じず、あらためて朝廷から長州に続くよう命じさせようというのだ。

とりあえず事態はまだ動いていないが、万が一、諸藩の軽挙で大坂湊を砲撃されるようなことになれば、京など一日で占拠されるかもしれない。朝廷は御所を守る兵が欲しいが、目下、兵を持つのは京都守護職と長州だけだ。

「薩摩はわが殿も城下を離れることができず、京での軍勢はわずか百五十にございます。国許には再三、兵を遣わすように申しておりますが、城下があの様では、すぐ出られるとも思えませず」

薩摩は遠い。どんなに急いで上洛するとしても、兵を率いてとなれば五日はかかる。

正風は姿勢を正した。

「長州はしきりに攘夷決行を言い募っております。急進派の公家どもが帝を取り囲み、伊勢神宮へ戦勝祈願の行幸を願っておるとか。行幸などなされれば、諸藩は長州に追随せねばなりませぬ」

そうなれば薩摩は長州の風下に立つことになるが、幕府もなんとか鎖港で収束しようとしている攘夷の方針を根底から変えなければならなくなる。日本側から砲撃はしないという達を改めさせられるばかりでなく、なにより日本がことごとく下関と鹿児島城下の二の舞になってしまう。

「このままでは長州が帝の勅諚を得るかもしれませぬ」

それを防ぐための軍勢を貸せと正風は言うのである。

「しかし我らに、帝取り巻きの公家どもを外す手だてはあるのか」

「容保の言葉ならば帝もお信じになるかと存じます」

陸ノ介が静かに言った。容保は帝に誰よりも信じると書かれた宸翰《しんかん》をいただいたが、慶勝にさえ見せようとしなかった。

「ですが帝の周囲は今や、長州寄りの急進派の公家ばかりでございます。我らが帝に拝謁できるかどうか」

そのとき廊下を走る足音がして、勢いよく障子が開いた。容保だった。

「兄上。帝は外国船を砲撃することなど、わずかも望んではおられませぬ」

「とにかく座れ。それもそのはずじゃ、帝は外国嫌いの前に、いくさ嫌いであられる」

慶勝がそう言うと、容保はふっと和んだ笑みを浮かべた。

「その通りでございます、兄上」

互いに挨拶も抜きに膝を詰めた。

「長州のような過激な攘夷を望んでおる藩はどこにもございませぬ。わが薩摩とて、久光公は必ずや和議をなさるはず」

しかしそれには刻がかかる。

「尾張から軍勢を呼びよせるとして、その幾日か、長州が何もせぬと言い切れるでしょうか」

隼人が不安げに慶勝を窺った。

なんといっても尾張の国許もまだ開国を望む家士ばかりではない。慶勝はすぐ新左衛門の顔が浮かぶが、あのやんちゃ坊主のような大砲好きが、長州の外国船砲撃を羨ましがっていないはずはない。

「やはり尾張は動けぬな。御三家ゆえ、逆に幕府からあらぬ疑いを受けることもある。かといって尾張の失策は幕府の疵《きず》になる」

それがつねに、慶勝を京の一線に立たせない足枷《あしかせ》になっている。尾張ばかりは他の雄藩のように動くことはできず、慶勝の言動はつねに幕府にも朝廷にも言質《げんち》を取られかねない。だから情けないが、慶勝は鍋を吹きこぼれさせぬ落とし蓋であり続けている。

容保がうなずいて顔を上げた。

「帝は、どこまでご自由にお動きになれるかも定かではございませぬ。勅書だと申しても、偽物ということもある」

だが出されてしまえば取り消しはない。

「兄上。今、会津は京に二千近い兵がございます。ちょうど兵を入れ替えたばかりでございました」

そう言うと容保は、廊下に控えていた家老の田中玄清を呼んだ。

「まだそう遠くへは行っておるまい。即刻、呼び戻せ」

「かしこまりました」

廊下の影が素早く立ち上がり、去った。

「では容保様は、われら薩摩を信じてくださるのですか」

「むしろ、それがしのほうが礼を申さねばならぬ。帝をお守りし奉ることこそ我らの天命。薩摩のお力添えをたまわれば、会津は千人力でござる」

また正風は大きくすすり上げた。

容保は微笑んで慶勝に向き直った。

「ほかにも淀藩ならば、すぐに兵を集められるかと存じます」

「そうか、淀があったな」

淀は京と大坂の中ほどに位置し、昔から幕府が譜代大名を置いて東海道の守りの要としてきた。藩主の稲葉正邦は先ごろ京都所司代に就いたばかりだが、内々で来年から老中になることが決まっている。

「いつ、どこから始める」

慶勝は皆を見回した。真っ先に応えたのは容保だ。

「中川宮《なかがわのみや》ならばすぐ帝に拝謁することができましょう。長州藩には、堺町御門の守衛の任を解き、京から退去を迫ります」

「長州公家はどうする」

「参内させませぬ」

容保はきっぱりと言い切った。

朝廷には長州と深く結びついた公家が主だった者だけで十人近くおり、市中の過激尊攘派の意のままに動いているといってもいい。容保が新撰組に厳しく取り締まりをさせてきたのがそれだ。

「一刻も早いほうが宜しゅうございます。明日の朝一番に宮に参内していただき、帝のお許しが出れば御所の門を閉ざす。長州公家は内裏へ入れませぬ」

「帝のお許しを得るまでにどのくらいかかる」

「分かりませぬ」

容保があっさり首を振り、正風は困惑して皆の顔を見回した。

「長州は、帝が伊勢へ行幸なさるあいだに御所に火を放ち、お住まいをなくして萩にお迎えするなどと申しております。その風聞を帝にお伝えすれば、すぐお許しをくださるのではないでしょうか」

だが容保は即座に撥ねつけた。

「ならぬ。仮にも御所が燃えるなどと、ご宸襟《しんきん》を煩わせるようなことは告げてはならぬ。御所に火をかけるようなことは絶対にさせぬ。ならば、お伝えするだけお耳汚しであろう」

正風は縮こまって頭を下げた。誰も容保の剣幕には何も言えなかった。

明くる朝、中川宮は真っ先に参内し、長州藩を京から退去させたいと帝に奏上した。

夜には宸翰が下され、政変の決行は翌八月十八日、未明となった。


御所外郭の南にはただ一つ、堺町御門だけがある。それを守るのは長州藩で、容保の会津は西の中央、蛤《はまぐり》御門を守っている。

その日、容保は御所の西側に藩兵の半分を置き、自らは八百を率いて堺町御門に陣取った。慶勝は手勢をほとんど連れず、会津藩兵に紛れるようにして容保の近くにいることにした。

堺町御門をくぐると左手は五摂家の一つ、九條家の屋敷である。向かいは関白の鷹司《たかつかさ》家だが、同じ摂関家でも九條は親幕、鷹司は攘夷派だった。その二家が一つの御門を挟み、表面にこやかに十年以上も黙って暮らしている。

慶勝はつくづく公家の面妖さを思い知らされる気がしていた。なかば本気で、当の関白鷹司は今時分、邸の中でのんびりと茶でも点《た》てているのではないかと思う。

九條邸の前庭に床几を置き、慶勝は外の砂利道を見据えて腰を下ろしていた。門の陰では陸ノ介がゆったりと柱にもたれ、ときおり慶勝と目が合うと微笑んでくる。

会津藩士は禁裏へと続く砂利道を覆うばかりに溢れ、ぽつぽつと鷹司邸へ入って行く長州藩士たちを睨みつけていた。

会津の藩兵は皆いくさ装束だが、長州藩士はただの裁着袴《たつつけばかま》である。どれも思いがけぬという顔つきで途中から足を早めて駆け込むが、それきり出て来る者はない。

空が白みはじめたとき砂利道の会津藩兵が左右に割れて容保が馬で駆けて来た。

九條邸の前で馬を降りると、慶勝の傍らの床几に腰を下ろした。

「蛤御門のほうは大過ないようでございます。やはり長州が参るとすれば、ここしかございませぬ」

容保は前の邸へ目をやった。

鷹司邸はひっそりと静まっている。

やがて日が昇ると関白が供を連れて現れた。ただの黒袍《くろほう》の参内の装束で、藩士たちなど目に映らぬかのようにゆっくりと歩いて行く。

「この先も長州に守衛をさせるよう、帝に願い出る肚であろうな」

「ですがもはや覆りませぬ。帝がじきじきに仰せくださいましたゆえ」

容保は少年のような笑みを浮かべている。

「陸ノ介」

門へ手招きをすると陸ノ介がそばへ来て片膝をついた。己だけが床几に座らぬのを卑下するでもなく、常と何も変わらない。

兄弟のうちでただ一人、他家へ出ようとしなかったこの弟だけは、慶勝はなんとかしなければならないとつくづく思う。だが陸ノ介はいつもそんな慶勝を先回りで見透して、案じるなという顔をする。

「京で兄弟が揃うとは、思いもしなかったな」

「左様でございますね。このようなことでもなければ、会津のそれがしは、これからはもうなかなか兄上方とお会いすることも叶いませぬ」

江戸参勤は三年ごと、江戸定府も停止になっている。帝の言葉を得たからだろう、容保は伸び伸びとしていた。

「御所で騒ぎなど、二度と御免だがな」

慶勝がため息まじりに言うと、陸ノ介が顔をくしゃりとさせた。

「しかし我らはさて、兄弟が何人おるのでしょうな。高須を継いだ義勇《よしたけ》が、末の弟ということで合っておりますか」

思わず慶勝は吹き出した。

「そうだ。まことと、父上は子福者であられたな。義勇はまだ五つか。父上の顔も覚えておらぬであろう」

「我らとて、会《お》うても顔が分からぬでしょうな」

やはり慶勝たちにとっては、末の弟といえば桑名を継いだ定敬だ。

「定敬も、京には来たがっておるようでございますぞ」

陸ノ介がその名を出した。陸ノ介ほど慶勝の心を分かってくれる弟もない。

「定敬はもう十八でございます。兄たちが京の地に集まっておると聞いて、矢も盾もたまらぬそうな」

「おう、ならば今すぐ来て手伝うがよいわ。彼奴の怖い物知らず、京ではさぞ役に立とう」

桑名にはかつて、前藩主の庶子を藩主にしたいと願う家士たちもいた。慶勝は自身が家士たちの望みで尾張藩主になっただけに案じていたが、定敬の竹を割ったような性質は、そんな跡継ぎの対立とは無縁のようだ。

「案外、定敬は立派な藩主になっておるのかもしれぬな」

きっとそうだろうという気がしてきた。

「茂徳も、どうしておるのであろう」

「ああ、やはりお心はお変わりにならぬようですな」

陸ノ介は今もたびたび尾張に足を運んでいる。慶勝の子を養子にして三年が経つが、まだ三十過ぎだというのに家督を譲って隠居したがっている。

「長州藩が外国船を砲撃した折でしたか、もうどうにも決心が動かせぬようになりました」

大砲好きの新左衛門が、攘夷を決行した長州に後れを取るなと騒いだのだ。

「なんと、茂徳のことまであれのせいか！」

つい慶勝は鼻息荒く鷹司邸を指さして、容保と陸ノ介が笑って肩をすくめた。

「皆を煽るゆえ苦労したと言っておられましたなあ。なに、当の新左衛門は全く悪びれもせず、茂兄上のお腹立ちにも気づいておらぬようでございました」

「さすが新左衛門じゃのう。彼奴ばかりは侮れんわ」

慶勝は苦笑しつつため息が出た。あの開けっぴろげな人柄のせいで、新左衛門を慕う者は多い。

「とにかく茂兄上は、ご自分がこれ以上藩主にとどまっておっては、いつまでも新左衛門のような佐幕派が力を養うと考えておられます」

慶勝も肩を落とした。尾張のことをじっくり考えれば悩みが尽きない。

「ものの道理だけで言えば、本来は佐幕でいっこう構わぬのだがな」

「ですが宗家には事あるごとに疑いを持たれ、なおかつ佐幕でおるというのも、今後は損ばかりでございましょう」

陸ノ介はいつも読みが深い。だが茂徳のことは別だ。道理がどうだろうと、慶勝は茂徳のほうへ道理を動かす。

「茂徳ほど尾張藩主に相応《ふさわ》しい者はおらぬ」

「茂兄上も、兄上のことを同じように申しておられましたぞ」

――一つの国に二人の藩主はいらぬ。私は高須に戻り、どこまでも兄上とともに歩きたいのだ。

茂徳は京の方角を仰ぐようにしてしみじみとそんなことを言ったという。

「茂兄上がこのまま尾張藩主にとどまれば、兄上と道が分かれてしまうかもしれませぬ。ですが高須藩主に直られたら、高須はいつなりと宗藩とともに動くことができましょう。それで兄上さえ尾張にお戻りになれば、茂兄上はずっと兄上と行けるのですから」

容保は黙って慶勝たちの話を聞いている。

そういえば容保も家訓は宗家第一だが、今上帝ばかりは格別のようだ。容保はいつからか、一人で尊皇と佐幕をしているようなものだ。

そのとき容保がはっと顔を上げた。禁裏のほうから衣冠の公家が歩いて来る。

容保が九條家の外へ出た。参内を終えた関白が戻ったのだ。

関白の鷹司は青ざめた顔で容保に目をやり、足を止めた。

「仕組まれたようじゃの。帝は、長州にはもはや禁門の守衛はならぬと仰せになった」

わずかに容保が会心の笑みを浮かべかけ、あわてて唇を嚙みしめた。

「我らが帝のお言葉を謀るとでも思われたか。そのような畏れ多いことができるのは、どこぞの朝臣どもだけでござろう」

容保はいつになく雄弁だった。帝の信を得ているという自信が熱を帯びさせてしまうのだ。

鷹司邸の門から長州藩士たちが少しずつ現れた。一歩一歩、関白の後ろを取り巻いていく。

長州藩士が容保に迫る。その場を凝視していた会津藩士たちも、手にもつ槍を握り直している。

わずかに会津側が身構えたとき、容保が静かに制止の手を挙げた。即座に兵たちは身を退いた。

「聞いたであろう。長州藩は金輪際、禁門の守衛はならぬ。即刻、京を去れ」

「無礼な。そこをどけ、帝にじかに確かめる」

初老の侍が太刀の柄《つか》に手をかけた。藩兵を率いて上洛したという長州藩の家老だろうか。

それを容保は活き活きとした目で見下ろした。

「ここをどこだと思っている。その刃、抜けば帝にお向けすることになるぞ」

「なんだと」

「我らは帝の命を受けた御親兵じゃ。帝の兵に討ちかかるとは、長州は朝敵になるということか」

「朝敵？」

長州藩士がざわめいた。

その隙を逃さずに容保は前へ出た。

「長州は京を去るがよい。さもなくば朝敵じゃ」

容保の後ろには会津藩兵が、そのさらに後ろには帝のおわす禁裏がある。

容保がさらに一歩出たとき、家老は憤然と背を向けた。

「御家老！」

長州藩士たちが悲痛な声を上げた。だが兵力も劣り、なにより朝敵にされるとなれば退くのが藩のためだ。

そのまま潮の引くように長州藩士たちは堺町御門に背を向けた。

会津藩士たちの中から期せずして勝ち鬨《どき》が上がり、長州藩士たちは時ならぬ雨に降られたように去って行く。河原町二条の長州藩邸にも、この勇ましい勝ち鬨は届いているかもしれない。

容保は残る宮城の門へ伝令を走らせた。

「長い一日でございましたなあ」

そのくせ何ごともなかったような顔をして、容保は慶勝のもとへ戻って来た。

「では兄上方。今日は大層な騒ぎにして申し訳ございませんでした。私は今から帝にお伝えにまいります」

頬を紅潮させ、容保は馬を置いて駆け出した。

「なんじゃ、あれは。まるでじじばばのもとへ帰る桃太郎ではないか」

「兄上、もう少し凛々しい喩《たと》えをしてやれぬのですか」

陸ノ介が笑い出した。

「あまりにそぐわしいではありませんか。兄上もお人の悪い」

だが陸ノ介はもう笑いが止まらなくなった。高い木々のあいだから、光の滴のように鳥たちの歌声が降っていた。

明くる朝早く長州と急進派の公家は京を離れ、もう堺町御門に現れる長州藩士はいなかった。

二

春に入京したという西郷は前に会ったときより一回り細くなっていた。島流しにされているあいだ病を得ていたそうで、斉彬の墓には杖を使って詣でて来たという。

伏見の寺田屋で過激藩士が処断されたとき、西郷は独断がすぎるとして久光に流罪にされた。だが八月の政変で京から長州が去り、そのあとにできた参予会議がはやばやと解体して、行き詰まった久光からふたたび京へ呼び戻された。久光はどうにも慶喜との仲がうまくゆかず、西郷に周旋を託したのである。

「もっと早く私のところへも顔を出すと思っていたが。忙しかったとみえるな」

西郷はうなずきも首を振りもせず、静かに慶勝の前に座っていた。

藩邸まで案内してきた陸ノ介は座敷の縁側に座り、懐に犬を抱いていた。このところ西郷が連れて歩いているそうで、いつからともなく西郷にまとわりつくようになったものらしい。

「西郷は斉彬公と比べるばかりで、いっこう自分に懐いてくれぬと久光公が仰せだったぞ」

相変わらず西郷は無口で、慶勝にも懐かしそうにもしなければ、笑みも見せない。かといって互いに不機嫌ではなく、それは前と同じで、不思議と伝わってきた。

昨年の八月に長州藩を京から追い払った後、久光や春嶽たちは慶喜も加えて隔日ごとに朝廷で参予会議を開くことにしていた。もとは久光がようやく薩英戦争で和議を結び、上洛できることになったから始まったのだが、すぐ慶喜とのあいだに深い溝ができて瓦解した。長州を追放してから薩摩がいっきに京での勢力を強め、それを慶喜が必要以上に警戒し、遠ざけようとしたからだった。

「幕府にはわが薩摩も、たいそうな金子《きんす》をお借りいたしました」

それだけは言わねばならぬというように西郷は頭を下げた。

薩摩は鹿児島城下を砲撃され、三ヶ月余りをかけてどうにか和議にこぎつけた。そのとき払うことになった巨額の賠償金を幕府が用立てたのだ。

「それほどに薩摩は幕府にとってかけがえのない国なのだ。久光公は帝にも、幕府の苦衷をよう語ってくだされた」

薩摩に感謝しているのは慶勝のほうだった。

朝廷は長州が去った後も幕府に攘夷決行を迫り、いつ横浜を鎖港するかと、そればかりを言い募ってきた。攘夷を横浜鎖港にまで下げてもらえたのは有難かったが、それでさえ実行は難しい。そのことを久光は帝に説いてくれたのだ。

武力に劣る日本はそもそも鎖国するかどうかを己で決めることはできない。横浜港を閉ざしてはならぬと外国に言われれば、それに従うより仕方がないのだ。

そしてやはり政は幕府が司るのが現実的だ。古《いにしえ》のように王政に復すというのはさまざまに無理がある。

久光は帝にそう奏上したが、慶喜はどうもそれが気に食わなかったらしい。長州は去ったが、次には久光が二千近い兵を率いて上洛し、慶喜にとっては長州が薩摩に変わっただけに思えるようだ。

「薩摩と尾張は似ております。何かといえば幕府に睨まれて身動きが取れぬことでございます」

「慶喜公とて今は同じであろう。将軍後見職を辞されてからは、むしろ幕府に疎まれておられるのではないか」

朝廷を加えた雄藩連合ともいえる参予会議がほんの三月で頓挫し、慶喜は新しく禁裏守衛総督となった。あれは仕える先を将軍家から天皇家に変えたようなもので、代々神道を奉じてきた水戸からすれば願ったり叶ったりの御役だ。

だが慶勝にはそれが、慶喜が幕府をも己の道具として我執を満たそうとしているように見えなくもない。慶勝は将軍後見職を投げ出すなと言ったが、慶喜はそれを幕府のためにではなく、己が禁裏守衛に就くために使ったのだ。

それでも慶勝は慶喜の苦労も分からぬではない。

西郷が顔を上げた。

「されば、幕府とは何でございましょう。老中たちでございますか」

西郷にとって、幕府とは慶喜だった。

「慶喜公に参予会議など我慢できるはずがございませぬ」

吐き捨てるように西郷は言った。

「かつて斉彬公が考えられた雄藩連合は、幕府の下で諸侯が知恵を出すものでした。だが久光公のお考えでは、幕府も雄藩と同じ列に座り、朝廷が幕府に取って代わる。ですが久光公は正しゅうございます」

慶勝もうなずいた。斉彬のときとは世が変わったのだ。

「ならば西郷も、久光公をもっとお助けしてはどうだ。久光公がお気の毒ではないか」

「久光公はご身分をお捨てになれませぬ」

西郷は大きな目を閉じて首を振った。

だが身分を捨てられぬのは慶喜も、結局は慶勝も同じなのだ。慶喜は禁裏守衛といいながら、これからも将軍後見職として諸侯には将軍のように振る舞うだろう。

「それがしのような下士は、身分という考えが頭からございませぬ。帝や将軍家を敬いはするが、それはあくまで位としてのこと。皇統はいざ知らず、将軍などというものは明日、誰がなってもかまわぬものでございます」

慶勝には正直、西郷の言葉を肌で捉えることはできない。それが多分、己や慶喜の身に染みついた限界なのだ。

西郷は慶勝の戸惑いが分かるのだろう、ようやく笑みを浮かべた。西郷の笑顔はいい。誰もがあっさりとその懐に飛び込みたくなる。

「慶勝公の弟君が京都所司代になられた由、聞き及んでございます」

「定敬のことか。稲葉が老中に就いたゆえ、その後にな。容保がたいそう喜んでおる」

「兄弟とは良いものでございますな。己が忘れておった父親の姿を、ふと垣間見る思いがいたします」

ああ、と慶勝はうなずいた。以前、それと同じように思ったことがある。

「西郷は、兄弟は？」

「弟が三人ございます」

大きな体で相好を崩した。

「おお、それは心強いな」

「はい。あの寺田屋事件で謹慎させられた者もおりますが、なに、生きております」

西郷は嬉しそうに体を揺すった。

「そうか、寺田屋におったか。死なずで重畳であった」

「まことにございます。薩摩は寺田屋の悲しみは忘れられませぬ」

皆、同じ国を憂える志士だったのに、なぜ同郷の朋輩が主義主張で斬り結ばねばならないのか。薩摩は二度と国を割るような思いはしたくない。上から下までそれを願う薩摩は、きっと尾張より二歩も三歩も先を行っている。

「命というのはまことに天からの預かりものでございます。それぞれに預かった命を、黙って生きていくしかありませぬ」

「では命とは、いつか返さねばならぬものか」

「はい。天に」

西郷は笑って空へ指をさした。

「慶勝公といると柄にもなく楽しゅうて、つい無駄話が長《なご》うなりました。今日はお伝えせねばならぬことがあり、陸ノ介さんにお連れを願いました」

陸ノ介は背を丸めたまま、西郷の犬を撫でている。

「池田屋という旅籠《はたご》をご存知でございますか」

「例の伏見の、寺田屋とは別か」

つと陸ノ介がこちらを向いた。

「三条小橋の西側のたもとにございます。先斗町《ぽんとちょう》に近く、河原町二条の長州藩邸とは目と鼻の先」

どうやら陸ノ介も西郷の用件は知っているようだ。

「長州の尊攘派が京に火を放ち、その騒ぎに紛れて中川宮や慶喜公、はては容保公まで暗殺するとやら、企てております」

思わず慶勝は西郷に向かって目を剝いた。

「土佐や肥後の者も交じっておるとか。西郷殿は、このまま野放しにすれば薩摩の跳ね者も加わりかねぬと案じておられます」

陸ノ介がこちらに向き直って言った。胡座に組んだ足に犬を乗せ、手は優しく撫でている。

「なにゆえ容保までが狙われる」

「兄上。新撰組は京都守護職の配下でございますぞ」

陸ノ介に続いて西郷もわずかににじり寄った。

「新撰組のせいばかりではございませぬ。八月の政変で京を追われてから、長州は皆、会津を恨んでおります。容保公は帝の権威を笠に着て、長州を朝敵呼ばわりしたと」

このところ容保は、在京の武家や公家衆からもそんな陰口をたたかれている。あまりに帝が容保を信任し、目をかけておられるからだ。

「たしかに容保は、帝をお慕いしていることを隠しもせず、周囲には忠節が足りぬと挑んでおるゆえな」

そのとき西郷が声を上げて笑った。慶勝と陸ノ介は驚いて同時に西郷を見返した。

「いや、ご無礼をお許しくださいませ。それがしも斉彬様に左様でございました。羨ましゅうござる、まだその相手がこの世におられるとは」

ふわりと温かな情が座敷に湧き出した。

「西郷はこの世に、どうにもいけ好かぬ、うっとうしいという輩はおらぬのであろうな」

すると西郷はすぐ平静に戻り、笑みも消した。

「さて。考えてみたことがございませぬ。ただ斉彬様が亡くなられて、今のそれがしはもう余生にございます。余生と思えば腹も立たず、欲しい物もない。ただ斉彬様に恥じぬように生き、いつかふたたびお目にかかることができれば、それがしの見たあれこれをお聞かせしたいと念じるのみでございます」

「そなたは良い主に恵まれたのだな」

西郷は強い目を宙に漂わせた。

「主君を失えば、家臣はそうとでも思うて生きて行くしかございませぬ。余生は余生で懸命に生き抜かねば、命を吹き込んでくださった斉彬様に申し訳が立ちませぬ」

そう言って頭を上げたとき、陸ノ介の膝から犬が西郷の膝へ飛び乗った。西郷が思わず顔を顰めたので、慶勝はかまわぬと首を振った。

「恩に着るぞ、西郷。池田屋の面々にそのような大それた事はさせぬ」

「証となる物は何一つございませぬ。それでもお信じくださいますか」

「申すまでもない」

慶勝は立ち上がると、刀掛けに置いた脇差を取って戻った。

「私にも西郷を信じておると見せる物はない。それゆえ互いに、この脇差を信じた証としようではないか」

西郷は犬を懐に入れ、手をついた。

「ご信任の段、しかと」

西郷が脇差に手を伸ばしたとき、鞘に結んだ唐打《からうち》の下緒《さげお》が嬉しそうに揺れた。

元治元年（一八六四）六月、三条橋畔の池田屋へ新撰組が踏み込んだ。夜半に激しい斬り合いになり、長州と土佐、肥後の尊攘派が多数殺害された。新撰組が京で何をしているのか、慶勝はこのときはっきりと悟った。

陸ノ介は事の顚末を知らせに来たとき静かに言った。

「長州にしてみれば、外国船への砲撃は、攘夷決行を命じられてやっただけでございました」

だというのに長州は幕命に背いたとされ、京に入ることすら許されなくなったのだ。

「もはや長州はこのままでは収まりますまい。此度にしても、なぜ長州の者たちがあれほど池田屋に集まっておりましたのか。そもそも長州藩士は京にはおらぬはずでございます」

それが何をしに、あれほど大勢で京へ上って来たのか。かつて水戸浪士が桜田門外で大老を暗殺したように、長州の一部の過激な者が恨みのある京都守護職たちを狙っただけなのだろうか。

昨年の政変で長州は京都守衛の任を解かれ、藩主父子は国許で謹慎処分となっている。だから長州が京で力を失ったことよりも、藩主が今現在、罪人とされていることが大きいのかもしれない。

「以前なら幕府に謹慎を命じられればそれまででした。藩主は黙って減封なり切腹なりを待つしかなく、せいぜいが親戚筋を頼って幕府への嘆願でございます」

「……今は朝廷があるということか」

「帝にさえ許していただければ、幕府がどのように申そうが、長州はふたたび京を闊歩することができます」

幕府にはそれを止めさせる力はない。

「なるほどな。長州の宿願は、帝じきじきに藩主の潔白を認めていただくことか」

そのとき陸ノ介が失笑した。慶勝はぽかんとして弟の顔を見返した。

「なんだ、陸ノ介」

「兄上。宿願と申されましたか」

「ああ、それがどうした」

「兄上は意外と甘い御方ですな。長州の宿願といえば関ヶ原の昔から、幕府を倒すことでございましょう」

あっと慶勝は息を呑んだ。

陸ノ介はまだしつこく笑っている。

「雄藩連合などと申しますが、長州だけははじめから思いが違うております。薩摩も土佐も肥前も、長州のような怨念はございませぬ」

「待て。薩摩はどうだ、あれも関ヶ原では西軍だったたではないか」

ぷっと陸ノ介は吹き出した。

「薩摩はたしかに西軍ですが、領国は一石たりとも削られておりませぬ。長州のように半分以上も減封されて押し込められたのとは全く別でございます」

あまつさえ薩摩は東軍を中央突破したことで名を高めた。誰も薩摩が敗軍だったとは思っていない。

慶勝があまりに唖然としているので、陸ノ介はからかうように話を戻した。

「もはや私が萩まで探りに行っておる猶予はございませぬ。その前に長州が自ら京へやって参りましょう。しかし一体どんな手を打つつもりか」

「やはり公家へ周旋を頼むしかあるまいな」

「左様でございますな」

それから間もなく伏見の長州藩邸に藩士たちが集まり始めた。朝廷には嘆願書が出されたが、十日、二十日と過ぎても長州藩の訴えは聞かれなかった。

それでも藩士はぞくぞくと京へ上って来る。帝はお許しにならぬどころか、もう掃討せよと命じられる。

そして禁裏守衛総督の慶喜はついに内裏の九つの門を閉ざした。

一年前の八月の政変のとき、長州藩は関白鷹司の後ろ盾があり、その邸のある堺町御門に殺到した。だが鷹司はあの政変のあと関白の座を追われ、長州藩とは関わりを絶っている。

長州の恨みは会津である。会津が守るのは内裏の西、中立売《なかだちうり》御門と下立売《しもだちうり》御門のあいだにある蛤御門だ。ならば御所へ入るにはそこを開かせることだろう。

七月十九日の朝まだ日も昇らぬ頃、御所の南にあるただ一つの御門、鷹司邸と九條邸に挟まれた堺町御門はひっそりと静まっていた。どちらの邸も固く門を閉ざし、武家のとばっちりは御免とばかりに誰も立ち入らせなかった。そしてその堺町御門は春嶽の福井藩が水も漏らさぬ気配で守っている。

容保は禁裏の小御所の、前の御庭にじっと座っていた。長州藩士が入京し始めてから夜はほとんど眠らず、家老の玄清だけを置いて残りは蛤御門へ出している。

蛤御門は御所の内側へ十間ほど引っ込んだ造りである。容保はそこで藩士たちに外から御門を守らせ、扉には太い閂を掛けさせている。

やがて夜が明け染めると、やはり長州の先発隊は蛤御門に押し寄せた。耳を澄ましていると鉄砲が放たれ、その音は外から内へ、たしかに禁裏へ向けて放たれている。

「この音は帝のお耳にも届いているのではないか」

脇にいた玄清は応えることができなかった。どんなに帝を煩わせたくなくても、この烈しい音は聞こえてしまう。

硝煙の臭気が御庭に立ちこめている。

徐々に喚声が高くなり、ついに西南の下立売御門が破られた。鬨の声とともに長州藩士たちは御所の内側から蛤御門へ押し寄せていく。

続けて西北の中立売御門が破られた。その一軍も内から蛤御門へ向かって行くのが小御所の庭にいても分かる。

――数刻で鎮めます。御所での騒擾《そうじょう》を、どうかお許しくださいませ。

容保は帝にそう誓った。うっそりと立ち上がり、玉砂利を踏みしめて禁裏の御門へと近づいて行く。

容保はここ半年、歩くのがやっとというほどに窶《やつ》れていた。だが気力だけは残っている。

「まだ一刻はある」

数刻といえばせいぜいが正午までだ。帝に誓った言葉は何があろうと守らねばならない。

そのときだった。内裏の西北角にある乾《いぬい》御門から薩摩藩兵が雪崩《なだれ》を打って蛤御門へ駆け出した。

容保は禁裏の扉に手をつき、耳を当てた。

蛤御門に群がった長州藩士たちは内から御門を開こうとしている。開けば会津藩は前からの長州勢と挟み撃ちにされる。

そこへ薩摩藩士が走り着いた勢いのまま、閂に手をかけていた長州藩士たちに斬りかかった。

御門の内側で鉄砲が放たれている。だが薩摩の放つ鉄砲はこちらから外へ、扉に取り付いた長州勢に向けられている。

騒乱は半刻も続かなかった。やがて音は少しずつ小さくなり、鉄砲の音も消えた。

一瞬、すべての声が止んだ。

――奸賊は討ち取ったり。

西郷の声だった。御門の外から勝ち鬨が上がり、閂の外される音が厳かに響く。

そのとき容保は仰向けに倒れた。

あわてて玄清が覗き込むと、しっかりと開いた容保の目は涙に濡れてまっすぐに空を見上げている。

玄清の目からも涙が溢れ出た。

「殿、大事はございませんな」

容保は仰向けのままうなずいて、空に指をさした。

「玄清。まだ中天までは昇っておらぬ」

「仰せの通りにござる。殿は帝との誓いを果たされましたぞ」

容保は目を覆って御庭の池にいる水鳥を思った。ついに鎮まるまで、小御所の鳥たちは内裏から飛び立つことはなかった。

三

内裏での評定は終わったが、容保は百万遍の尾張藩邸までついて来た。ろくに口もきかない慶勝の後をずっと追いすがっている。

庭から畳廊下にまで町屋の焦げる臭いが流れていた。長州藩士が京を出るとき藩邸に放った火が燃え広がり、四日経った今もまだくすぶり続けているのである。

今日、容保が強く言ったために長州を征討することが評定で決まってしまった。慶勝がどれだけ反対しても帝はいっさい聞き入れてくださらなかった。すべて、この容保があくまで征討と言い張ったからだ。

「兄上、お待ちください」

「なぜそのようにお腹立ちなのですか。諸侯も揃って幕府に肩入れしているのでございます。今、長州を懲らしめずに、いつあの朝敵どもを討つのでございます」

「懲らしめるだと？　諸侯が幕府に味方しておるだと？　そなた、いつからそのように目が曇り始めた？　日本のどこに、今いくさをしておる余裕がある。長州に矛先を向けて、それで攘夷も倒幕も止むか」

「殿。容保様の申される通りでございますぞ。あの奸賊どもめ、今こそ思い知らせてやらねばなりませぬ」

「おぬしは黙っておれ！」

慶勝は新左衛門を叱りとばした。思えば新左衛門は尾張藩士のくせに、どこまで容保の肩を持つ。このふてぶてしい髭面は大砲が撃ちたいだけではないか。その弾が己の身をも貫くことがなぜ分からない。

「兄上、長州は禁裏に向かって鉄砲を放ちました。朝敵をこのままにしておけば、公武一和どころか」

「そのようなことは分かっておる！」

慶勝は座敷の前まで来ると、そのままどっかりと縁側に腰を下ろした。

「新左衛門、西郷を呼べ」

あわてて新左衛門は縁側を駆け戻って行く。

「容保、そなたはもう帰るがよい。これから先は大参謀と軍議じゃ」

今日の評定で慶勝は征長総督に、西郷は参謀に任じられた。固辞したが、横合いから容保がぜひ尾張にと口添えをした。総督となれば軍勢の大半は自藩から出さなければならない。こんな内憂外患のときに領国を空にして軍費を負担させるとは、容保は阿呆か。

長州を潰したければ好きに攘夷をさせておけばよい。外国船にまた萩を焼いてもらえば、幕府は労せずして毛利の脅威を削ぐことができる。毛利を潰したいならば、いっそ外国船に頼めばどうだ。

幕府は際どいところで命脈を保っているのだ。いつまた逆風が吹き出すか、風向きが変わるか分からない。幕府はよほど力を蓄えておかねば、この先どこからいくさを仕掛けられても不思議ではない。

なにより長州を滅ぼせば、下関海峡の守りはどこがする。

「将軍家はお体も弱い。そうでなくとも京と江戸を行ったり来たりじゃ。朝廷に攘夷を迫られておるさなかに長州くんだりまでお出ましいただこうとは、容保はなんたる浅はかか。そなたは藩祖、保科公の戒めを忘れたのか！」

「将軍家の御為を思えばこそ申しておるのでございます。今ここで長州につけあがらせれば、幕府の威信は地に墜ちます」

「つけあがるものなら、つけあがらせればよい。京に入れぬようにしただけで十分ではないか」

「兄上！　尾張こそ尊皇第一でございましょう」

「おう、それゆえ引き受けたのよ！」

この容保の純真さはいつか災いを呼ぶ。いや、もう呼んでいる。今日の評定でも誰もが内心、容保を煙たがっていた。

慶勝は、帝の威を借る狐などと呼ばせるために容保を京へ来させたのではない。

もう容保の顔など寸の間も見ていたくない。

「兄上、ご進発はいつになさるのですか。猶予はなりませぬぞ」

「それを西郷と決めるのであろう」

慶勝は顔を背け、とっとと帰れと手のひらを振った。

「尾張から軍勢が着き次第となりましょうか」

「くどい！」

もう一度、もっと激しく手のひらを振った。

慶喜は今日、一度も口を開かなかった。ただじっと諸侯たちの顔を見、それぞれの申し条に耳を澄ませていた。あの立て板水が、不気味なほど静まっていた。

あれは水戸からは一兵も出さぬという顔だった。この先、何がどう転ぶか分からない、それを見極めてから動くという魂胆なのだ。せいぜい尾張や薩摩が、長州ともども弱体化すればよいと思っている。慶喜は徳川を美しく終わらせるなどとは微塵も考えていない。

実際このところの慶喜が何を考えているのか、慶勝にはさっぱり分からなくなっていた。いや、腹を割って話したことなどないから、元から分かるはずもない。

この先、慶喜が何を言い出すかは及びもつかない。そのとき尾張が力を失っていて、慶喜を止めることなどできるのか。

しばらく突っ立っていた容保だが、やがて諦めて帰って行った。

「隼人」

「ここにおります」

「そのほうは私の申すことが分かるであろうな」

「はい。新左衛門はこのままにしておけぬと存じます」

隼人が容保を批判することはない。容保は今や、無邪気な新左衛門を大きく膨らませたようなものだ。

「新左衛門は征討に参りたがると存じます」

「かまわぬわ。長州まで大砲を曳かせて行けば懲りるであろう」

京にあんな大砲好きを置いておくほうが危ない。

慶勝は腕組みをして唇を噛みしめた。

容保は、慶勝が総督を引き受けなければ己が行くと言い出しかねなかった。会津には京を守る御役があると言って思いとどまらせたが、容保は諸侯の冷ややかな目に気づいてもいなかった。

今はいい。まだ蛤御門のいくさからほんの四日だ。だが長引けば長州に憐れみも起こる。そのときは諸国に散った尊攘派が、いっせいに矛先を幕府に向けてくる。万が一、征長に手こずっているところでも見せれば幕府はいっきに屋台骨がぐらつく。

「幕府は今いくさに関わってはならぬ。この世には勝てると決まったいくさなどない。容保はそんなことも知らぬのか」

庭を眺めても慶勝には松の一本すら目に映らない。

慶勝は苛立って座敷に入った。ちょうどそのとき西郷と新左衛門がやって来た。

「新左衛門、そなたはいくさの用意をいたせ」

「はっ、畏まりましてございます」

新左衛門は頬を紅潮させて踵《きびす》を返す。

慶勝は下段へ下り、西郷の前で胡座を組んだ。

「勝てるか、西郷」

「おいそれと負けはせぬと存じますが」

「圧倒的に勝つのでなければすべて負けじゃ。しかも長州を潰すわけにはまいらぬ」

幕府は下関まで守らねばならなくなる。そのうえで朝廷から攘夷決行を迫られれば、慶勝の切腹どころでは収まらない。

西郷の顔がふと和んだ。

「総督がそれをお分かりくださっているならば、おそらくは勝てましょう」

慶勝はようやくほっと人心地がついた。

「慶勝公は、なるべくご進発を遅うしてくださいませ」

「その間に打つ手があるか」

西郷がうなずいた。

「長州のあれほど急いだ入京。さぞ国許でも紛糾したのではございますまいか」

たしかに慶勝も、まだ陸ノ介と話していたときは長州の次の一手が思い浮かばなかった。それがまさか御所に鉄砲を撃ちかけるとは、そんな暴挙で藩論がまとまったはずはない。

「長州といえども、もとから藩士が皆、過激攘夷で結束していたはずがございません」

「分からぬぞ。長州には関ヶ原の怨念がある」

「ですが御所に鉄砲を放ったとなれば、京から逃げ帰った者どもも国許に居場所はございますまい」

少しずつ慶勝も落ち着いてきた。

慶勝は征長総督を引き受ける代わり、全権を託すことを約させた。長州とのいくさでどう幕引きをするかは慶勝が決めることができる。

「できるだけ穏便に、征討は一日も早く終わりにしたい」

「それが上策にございます。ですが、そのためには今しばし」

西郷は先に自らが長州へ行き、攘夷派を藩から孤立させると言った。

「そのようなことが、できるのか」

「わが薩摩は、今や皆が攘夷の愚かさを悟っております。薩英戦争で城下を焼かれましたゆえ」

参予会議のときは久光もずっとそれを言い続けていた。

「長州も萩をやられておるな」

「左様にございます。薩摩は虎の子の蒸気船も瞬く間に奪い取られましたが、外国船のほうはいかほど兵糧米を積んでおるのか、一月や二月は平気という顔で海に浮かんでおりました」

頭にかかった霧が晴れていった。長州にも元から攘夷に反対する者はいるだろうし、城下を焼かれてその否を悟った志士も多いはずだ。

「それを起たせるか」

「はい。長州の攘夷派は、長州の開国派に潰させます」

慶勝は目まいがした。それと同じことを徳川はしている。長州征討とは徳川の大切な藩屏《はんぺい》を徳川の力で削ぐことだ。

「西郷、そなたに任せる。できれば交渉のみで終いにしたい」

「長州には薩摩と気脈を通じる開国派も多うございます。できるだけ早う、それらを起たせましょう」

慶勝は脇息《きょうそく》にもたれこんで、顔を手で覆った。薩摩にはすでに親しい長州の一派があるのだ。このいくさが終われば、それらはどうなるのか。容保は無理でも、せめて慶喜はそれに気づいているか。

「もはや勝てぬな」

「ご安心くださいませ。多少、時日はかかりましょうが、家老どもに腹を切らせて事を収める所存」

慶勝は涙が湧いてきた。

もう徳川は滅ぶしかない。これほどの周旋力を持つ西郷のような藩士がいて、容保ほどの藩主が事態の意味にも気づかない。

なにが公武一和か。幕府はもはや朝廷に対峙するどころか、一大名として残ることさえ危うい。今にこの日本中が徳川に向かってやって来る。

「西郷、くれぐれも頼むぞ」

「はい。どうかお任せくださいませ」

西郷は腰に下げた脇差にそっと手を触れた。慶勝の授けた脇差が、下緒で懸命に西郷にしがみついている。

「それを聞いて安堵した」

西郷に顔色を見せぬようにそう言うのがやっとだった。せめて日本が外国に踏み荒らされることはない、慶勝はそれだけを信じて進むしかなかった。


元治元年（一八六四）師走、慶勝は広島にいた。雨のように細い雪が横合いから慶勝と馬を濡らしていった。

丸三月も延ばしに延ばし、十月の終わりに京を出立したのは、西郷からもうすぐ長州との折衝が終わると知らせが来たからだった。

まさかこれほどの短時日で長州に開国派を台頭させ、ずっと藩を主導してきた三家老を追い込むことができるとは考えてもみなかった。だが西郷は慶勝たちが広島に着くとすぐ長州の三家老に腹を切らせ、首実検などは隼人が慶勝の代わりにやった。

「あと幾日で年が明ける」

傍らの陸ノ介に尋ねると、静かに五日と応えてきた。陸ノ介は京を出てからずっと、慶勝を労《いたわ》るようにそばにいてくれる。

父の義建は一生のうちに鎧《よろい》を着けたことなどなかっただろう。慶勝も真冬にこれほど凍えながら手綱を摑んでいるとは思わなかったから、これから先はもっと異様なことがあるのかもしれない。

かつて尾張藩を継ぐまでは、慶勝はいつか本当に尾張に入れる日が来るのか、そればかりを案じていた。だがそれから十六年が経ち、四十二になろうとする慶勝の頭には、尾張のことも徳川のこともあまりない。

今日、慶勝は陣払いを決めた。蛤御門の変に関わった長州の家老たちは切腹し、参謀をつとめた主だった藩士は斬首にされた。あとは長州とともに京を離れた急進派の公家たちを九州にでも送って、征討は終いにする。

諸々西郷に任せて、慶勝は全軍を率いて京へ帰る。今はたとえ一日でも早く兵を解くのが徳川のためだ。

「正月には間に合わぬな。澪と加祢はどうしておるであろう」

「澪はすっかり町屋の暮らしに馴染みましたゆえ、錦へ買い出しでございましょう。兄上が家士をお貸しくださいましたので、私は何も案じておりませぬ」

澪たちも京で二度目の正月だ。早いものだ。

「兄上こそ尾張へもお帰りになられずに。どうでございます、春にでも一度、凱旋なさっては」

「凱旋か……」

何かとてつもなく虚しい言葉だった。

たしかに長州は恭順したが、それを引き出したのは西郷のような下士で、長州の去就を決めたのもその藩士たちの声だった。藩主も幕府も、もはやただの飾りにすぎないのだ。

「将軍家のいくさとは、そのようなものでございます。後詰めで威に服させれば十分ではございませんか」

陸ノ介の言葉にも、慶勝はただぼんやりと手綱を見下ろしていた。

家康たちは真冬でも馬に乗り、縦横にいくさ場を駆けただろう。そのとき同じように指はかじかんだかもしれないが、たとえ負けいくさでも甲斐はあったに違いない。そんなことを思うのは、慶勝が真のいくさの酷さを知らぬゆえだろうか。

「澪たちは今時分、楽しゅう話しておるかな」

「どうなさったのです、兄上」

陸ノ介が優しく馬を近づけて来て、慶勝もようやく頬が緩んだ。

「京へ参ったときの二人のな、鳥がさえずるような笑い声じゃ。あれを聞いておったときが、私は一番満ち足りておったかもしれぬ」

「ああ、あのときは私も同じように思いました」

やはり陸ノ介は慶勝を分かってくれる。慶勝には陸ノ介のような弟がいて幸いだった。

「陸ノ介は、悔いてはおらぬか」

「はい。私は兄上に命を救うていただきました」

幾度言われても、慶勝はそこまでとは思わない。

「私が溺れた日、大川には水鳥が群れておりました。そのうちの一羽が、皆が飛び立ってもいつまでもついて行こうとせず……」

陸ノ介は細雪《ささめゆき》に頬を輝かせて微笑んでいた。

「私はそれが己のような気がして、どうしても皆の後を追わせとうなりました。それで衣も脱がずに水へ入りました」

一羽だけ遅れた水鳥はすぐ飛び立った。だがなかなか皆のほうへは行かず、陸ノ介は夢中で水面を激しく叩きつけた。

「あのとき兄上は、私が死ぬつもりだったのかとお尋ねになりました。どれほど兄上が私を大切に、真に弟と思うてくださっているかが身に沁みました。兄上はあのとき私に、命を吹き込んでくださったのでございます」

「まことに、それだけか」

「はい。それゆえ私は、どこまでも兄上とともに参ります」

広島へ来たのも、そして京へ帰るのも。

「さあ、兄上。帰りますぞ」

「そうだな。どこへ行くのも陸ノ介と揃ってだ。一人ではあまりに心細いゆえ」

「私もです」

陸ノ介は笑って馬を向け変えた。

第六章　戊辰戦争

一

　茂徳は昔から万事に控え目な弟だった。いつも黙って慶勝の考えが一番だとうなずき、弟たちから何かを尋ねられると、まず慶勝に聞くようにして兄を立てた。

　だが再度の長州征討が決まった後の茂徳はまるで人が違ったようだった。将軍家茂を守って大坂まで来たのはいいが、尾張藩邸に顔を出したときは幕府軍総督を引き受けると言って一歩も引かなかった。

　慶勝はふたたびの征討は幕府が負けると確信している。何があろうと、そんないくさに茂徳を大将として行かせるわけにはいかない。

「いいから思い直せ。再征討は徳川のためにはならぬ」

「なにゆえでございます。容保の身を考えても私が行くのが宜しゅうございます。このままでは容保が京で孤立いたします」

　慶勝は思わず顔を歪《ゆが》ませた。なぜ慶勝の弟たちは揃いも揃って駆け引きの一つもせず、ただまっすぐ前だけを見て純粋なのか。

慶勝が陣払いをしてまだ数ヶ月だが、今度はもうすでに諸藩がどれだけ軍勢を出すか読めなくなっている。どこか一つが断ってくれれば、あとは堰《せき》を切った流れのように他藩も後に続く。それを咎めるだけの力を幕府は持っていないのだ。

「容保には私から話す。頼むから此度は辞退せよ」

「尾張は王命に依って、でございます。宗家第一の容保が、あれほど帝の御為に藩を傾けておりますのに」

「だからこそ尾張は、いざというとき容保を宗家に引き戻す力も蓄えておかねばならぬ。ともかく今回だけは総督は受けるな」

「そうはまいりませぬ。将軍家も御自ら長州へ行かれるとお決めあそばしたのですぞ」

慶勝は舌打ちをした。

だからそれを止めるのが尾張の役目だ。もしも将軍が自ら征討に赴き、すぐに長州が恭順しなければどうするのだ。

しかも此度は、恭順しても前回のようなうやむやの処罰で済ませるわけにはいかない。

「昨年の征長では、しかとした処罰も下されておりませぬ。ですから此度こそ」

まるであのとき慶勝が寛容に処したつけを代わりに果たしに行くとでも言いたげだ。

「前はあれで精一杯だったのだ。もはや幕府には雄藩と互角に渡り合う力はない」

「まさかそのような、兄上」

茂徳は屈託なく笑っている。幕府軍は十五万、対する長州はわずか三千五百だ。

だが幕府軍は諸藩の寄せ集めで、どこもできるだけ引き延ばして軍勢を出さずに済ませようとしている。一つでもそんな藩が出てくれば、長州の側につく藩もあるかもしれない。

長州は今、小倉に攻め入っている。諸法度に背いて他国を攻めているのに、幕府には止める力もない。

「兄上はなにゆえそのように弱腰ですか。帝がじきに、お命じになられますのに」

「ああ、そうだ。それゆえ尾張も帝に命じられてから動く。先に軍勢を送って帝に勅許を迫るような姑息は、尾張は好まぬ」

慶勝はできるだけ冷静に言った。なぜ皆、帝というと何も目に入らなくなるのだろう。

「勅許も出ぬうちから兵を動かすなど、帝をないがしろにするにもほどがある。大軍を京に置いておれば諸事、不足する。物の値が上がり、民は食えぬようになる。それは幕府への非難となろう。即刻帰れ」

「いいえ」

「尾張ならば一日で京へ着く。そもそもそなた、このような時節に国を空けて、大水にでもなればどうする。八つの子に三川の差配をさせるつもりか」

慶勝がちらりと外へ目を走らせると、茂徳もはっとした。京でも長雨が続いているから、木曽三川は今時分、満々と泥水をたたえているはずだ。

「思い出したか。昨年の征討を引き延ばしたのも、台風の時季に尾張から男手を奪うわけにはまいらなんだゆえじゃ。きれいごとではない、そなたなら今このときに美濃に男がおらねばどうなるか、よう分かっておるだろう」

茂徳は呆然と腰を落とした。それでこそ茂徳だ。

「ともかく勅許が下されるまでは美濃へ戻っておれ。よいな」

「……今年はとりわけ、大水になる気配でございました」

茂徳の目はぼんやりと障子の桟《さん》をただよっている。

「そなたはそのようなことまで分かるのか」

「昨年の征討で尾張は兵を出しました。それゆえ今年は、川の底浚いが十分にできておりませぬ」

尾張と高須は水量が少なければ少ないときなりに、やらねばならぬことがあるのだ。

茂徳の顔からようやく険しさが消えていった。

「そうであったか。やはり冬といえど、大勢を駆り出したのは痛かったな」

「はい。これは早う帰って大水に備えねばなりませぬ。百姓ばかりで何ができますものか」

高須の藩士たちは元は尾張から遣わされ、雪国の武士が雪を搔くように、常は水と闘っている。雨のたびに見回りに出、堤が決壊したときは百姓に交じって泥水を搔き出す。

「藩士たちもこの雨を眺めて、気が気ではなかろう」

「左様でございました」

「ともかく帰れ。分かったな」

茂徳は得心してうなずいた。二人で耳を澄ますと雨脚はわずかに強くなっている。

そうして茂徳が高須に戻ってしばらくすると、木曽川の成戸村の堤が決壊したと知らせが来た。こうなればもう茂徳は動くことはできず、正式に征討総督の任も解かれた。

「まずは重畳でございました」

高須の大水を伝えてきた陸ノ介も、このときばかりは明るい声をしていた。

「今年の三川は、でかしたものじゃ。きっと茂徳が治水に励んでおったゆえ、三川が恩を返したのであろう」

あの激しい出水が初めて高須にもたらした僥倖《ぎょうこう》といってもいい。

機嫌が悪いのは、残るは容保ばかりだった。

「兄上たちの申されることが分かりません。ようやく征討の勅許が下りましたのに、これではまた長州へ行くのが遅れます」

新しく総督に任じられたのは紀州の徳川茂承である。珍しくふてくされている容保だが、怒っているのは慶勝のほうだ。

「征討の勅許などというものはな、本来いらぬのよ。軍兵は幕府の専権であろう。そのようなことで宸襟をお煩わせすることこそ不忠の極みじゃ」

「兄上が征討をごねら<ruby>れる</ruby>ゆえ、勅許をいただくことになったのではございませぬか。総督が紀州では心許ない」

「ああ、容保はもうそのように歯に衣着せず物を言うのをやめよ。それよりも容保は条約勅許をいただくことじゃ」

幕府にとって目下最大の懸案は外国のほうだ。攘夷はいつの間にか倒幕と置き換えられてしまい、それを止ませるには条約に帝の許しをいただくほかはない。

「そのことならば承知しております。公武一和には条約勅許をいただかねばなりませぬ」

「ふむ、公武一和か」

どのくらい久しくその言葉を聞かなかっただろう。今でもそれが生きているとは、慶勝はとても思えない。

「ともかく容保は京に残って帝の勅諚をいただいてくれ」

容保が真剣な眼差しでうなずき、慶勝は瞑目した。

今さらそれがあっても、幕府の凋落はもう止めようもない。長州とは早くけりをつけて、できれば参勤交代などを旧に復したほうがいい。なんとかして幕府にかつての威厳を取り戻すのだ。

茂徳が国許で大水の始末に追われていた九月末、長州征討の勅許が下り、進発は年明けと定まった。容保は慶喜ともども条約勅許に奔走し、慶勝が考えていたよりずっと早くに通商条約の許しを得た。

それは幕府にとってはこの上もなく有難かったが、帝が許したのは容保が進言したからだった。今や京にいる誰もが容保の帝からの信認ぶりを目にし、ほとんどの諸侯や公家がそれを快く思っていなかった。慶喜などは多分それを真っ先に嗅ぎ取っているはずだ。

慶応二年（一八六六）が明け、長州の再征討は始まった。

だが幕府は敗戦が続き、慶喜は早々と休戦評議を始めた。猛反対したのはむろん容保だけで、慶勝は容保をどう押しとどめるか、それが大きな苦悩になった。

これ以上容保を孤立させるわけにはいかない。そう思いながら焦れていたところへ、予期せぬ男がやって来た。


尾張藩邸では桜が今を盛りと咲き誇っていた。京へ来たはじめの頃は、慶勝もこの時節の藩邸がいちばん好きで、これを見られただけでも京へ来た甲斐があったと思ったものだ。容保が本陣を置く金戒光明寺は紅葉が美しく、春には容保が、秋には慶勝が互いのもとを訪ねて、ときには枝の下で弁当を広げた。だがそれももうはるかな昔になってしまった。

西郷は庭先の四阿《あずまや》で、馬場の歓声に耳を傾けるようにして風に吹かれていた。庭に引いた小川に花筏《はないかだ》が浮かび、陸ノ介と三人で半刻近くも黙って座っていただろうか。

やがて西郷は懐に手を差し入れて脇差を取り出した。唐打の下緒が儚げに揺れ、慶勝はそれを授けた遠い日を静かに思い出した。

「これをお返しせねばならぬときが参りました」

西郷は今日は犬を連れていない。だがあのときと何も変わらない潤んだ大きな目を見ていると、懐に子犬でも飛び込んで来たような安らかさを覚える。

慶勝の目の前にはたしかにあの脇差が置かれている。何一つ思い当たることはない。ただ悪い予感だけがして、胸が激しく鼓動を打ち始めた。

「もはや何があろうと覆りませぬ。それゆえ、それがしの一存で慶勝様には申し上げに参りました」

いずれ明らかになると、西郷は静かに言った。慶勝は己の胸の音が人にも聞こえるのではないかと思った。

「わが薩摩と長州藩は、盟約を結びましてございます」

水面の花筏が大きく波打った。

「この一月の末に」

尋ねてもいないのに西郷は語る。尾張藩邸から加茂大橋を越えただけの、目と鼻の先の薩摩藩邸で、盟約書には土佐を脱藩した藩士たちの裏書もあるという。

先月末といえば、あの蛤御門の変からまだほんの一年半だ。中立売と下立売の両御門が破られたとき、会津の守る蛤御門へどこよりも先に駆けつけたのは、西郷の率いる薩摩藩兵だった。

「列強がいつなんどき手を出すか分からぬ今、下関の守りの長州を滅ぼすなどと、大政を預かる身のなさることではございませぬ。何を忍んでも再征討をしてはならなかった。それを上様は、帝の仰せのままに従われた」

将軍家だけの罪ではない。止められなかった慶勝や、あくまでも征長と言い募った容保、それを声高に叫ぶ新左衛門のような家士たち皆の、取り返しのつかない失策が撚《よ》り合わされて長州の再征討は決断された。

慶勝はそっと拳を握りこんだ。長州一つでも、もう幕府にはどうする力も残ってはいない。

「なぜ私にそのようなことを漏らした」

西郷にそこまでする義理はないはずだ。

「この脇差にかけて、それがしの言葉はお疑いになりますまい」

再征長を命じられても薩摩は軍勢を出さぬのだろう。だがたとえそうでも、誰が薩摩と長州のあいだを察するだろう。

「なにゆえだ」

「もはや幕府に打つ手はございませぬゆえ」

西郷は恬淡としていた。

「薩摩が将軍の命に背く。ですがそのときでさえ誰が信じましょう。慶勝公が今お知りあそばせば、征長は止むかもしれませぬ。ならば、日本にとっては益でございます」

慶勝はもう顔を取り繕う余裕もなかった。じかに聞いている己でさえ信じられぬものを、誰が信じるというのか。

「露見したところで征長が止みましょうか。勅許はもはや発せられております」

帝を神とも崇める慶喜の顔が浮かんだ。今の幕府の意志とは慶喜の意志だ。

あの立て板水は慶勝の言葉を聞くだろうか。聞いたとして、勅許を破ってまで征長を止めるだろうか。

「幕府を倒すつもりか」

「久光公は、そのようなことは望んでおられませぬ」

「その久光公のご意志は、どこまで通る」

「藩士の数次第でございましょう。皆が倒幕と叫べば、久光公とて無下にはできませぬ」

幕府が開かれて二百六十年、改易と決まった藩でさえ幕府に刃向かうことはなかった。藩主の意志が、完全に藩士たちに呑まれることなどあり得なかった。だがこれからはそれがまかり通っていくのだ。

桜を散らす風が吹き抜けたとき西郷は立ち上がった。慶勝はすがるようにその大樹を見上げた。

広島を離れるときは細雪が降っていた。慶勝が徳川を美しく終わらせようと考えたのは、それよりもずっと前のことだ。

公武一和も雄藩連合も、もう消え去った夢なのだ。あとは幕府には潔く散ることのほか、できることは何もない。

それから数日の後、薩摩藩は長州征討の非をしたためた意見書を老中に出した。薩摩は、そのような非には兵を出さぬとはっきり書かれていた。

だがこのときは慶喜でさえ薩長の繋がりに気づかなかった。もし気づいたなら、長州に軍艦を送り、周防《すおう》の大島を砲撃したはずがないからだ。

そうしていったんは奪った大島もすぐ奪い返された。小倉口では九州諸藩が老中の指揮下で戦ったが、勝機を逸した無能な采配が続き、呆れ返った諸藩はことごとく兵を退いた。

そして夏もたけなわ、広島の浅野や岡山の池田からも解兵が進言された。

そのさなかに将軍家茂が亡くなった。いくさが長引くと踏んだ諸藩が兵糧米を蓄え始め、米の値が跳ね上がった大坂でのことだった。

その日も慶喜は二条城のそばの小浜藩邸にいた。長く京都所司代をつとめた譜代の酒井家の屋敷だったもので、庭の樫の木で無数の蟬が鳴いていた。

果ても見えない庭は二万坪といわれるが、障子を開けても風など入って来ず、隼人は傍らで滴り落ちるほど汗をかいていた。慶喜は着流しの胸を大きく緩めて、脇息に肘をついて青ざめた顔をしていた。

十日ばかり前、薩摩の久光父子が朝廷に幕府の非をあげつらい、ついに長州征討の取りやめを建言してきた。慶喜はとうに耳にしているはずだが屋敷にこもったままで、春嶽に請われて慶勝が様子を見に行くことになったのだ。

慶勝はもともと慶喜にはあまり会いたくもなかった。家茂が死に、当然次の将軍は慶喜のはずだが、今になって将軍職を継がぬと言い出していた。そのくせ宗家だけは継ぐとうそぶいて、幕府は廃すべきだという春嶽の助言は完全に拒んでいた。

いったい慶勝は何を言うべきなのか。大政など朝廷に返上してしまえと叫びたいところだが、やはり慶喜に解決してもらわねばならないことがある。とにかく気をもたせずにさっさと将軍職を継がせなければ何も前に進まない。今は即刻、長州から兵を退かせねばならないのだ。

「言っておくが慶勝の話は聞かぬ。そなた、知っていたのではないか」

いきなりの呼び捨てだった。慶喜はこちらが十三も年上だということを忘れている。

「何を申している」

「決まっておるわ。薩長同盟のことよ。外様と気脈を通じておる輩に、何を口出しさせるものか」

不遜な物言いに隼人はうつむいて目をしばたたいている。

「確証があったわけではない。それともそなた、全く気づいておらなかったのか」

ふん、と慶喜は鼻息をついて顔を背けた。

一月か二月、慶勝のほうが早かったかもしれないが、たしかに西郷の言った通り、打つ手など何もなかった。

「大島を砲撃する前、私は薩長が手を結んでおると申したはずだ。薩摩が出兵を拒んだのが何よりの証だとな。だがそなた、聞く耳を持たなかったではないか」

「なぜ薩摩ごときの去就で将軍家が道を変えねばならん。長州は御所に鉄砲を放ちおったのだぞ」

慶勝はため息をどうにか呑み込んだ。これだけ負けが続き、勤皇諸藩が長州の罪を問わぬというなら、幕府も矛を収めるしかないではないか。

「とにかく早う将軍を襲職せよ。上様の死を公にして朝廷に解兵の勅命をいただけば、将軍家に疵はつかぬ」

「今それをやれば、春嶽の建白に従ったことになる」

「そのようなこと、もうどうでもよかろう」

「そうはいかんな」

慶喜は鼻で笑った。

「ただで将軍になるものか。私は慶勝が征長総督を引き受けたときと同じ手を使う。襲職を引き延ばして、皆がやってくれと願《ねご》うてから将軍職に就く。さすれば少しは素直に私の言うことも聞くであろう」

「無益なことはやめておけ。さっさと発喪を宣じていくさを終える。でなければいつ外国が乗り込んで来るか分からぬぞ」

慶勝が言い募るとすぐ慶喜は顔を背けてしまう。もともと気が合わないのだから無理もない。

「私はな、家茂公がみまかられて即、馬関《ばかん》海峡へ攻め入るつもりだったのだ。ところがどうだ、小倉が負けおったではないか。行っておれば危ないところよ。よくよく考えて動かねばならぬわ」

小倉は前の征長のとき、長州に攻められて城下を焼かれた。その恨みで今回も必死に戦ったが、旧式の武器ではどうしようもなく、城下を捨てて逃げる羽目になった。まじめに幕府の命を聞いてきたからこそ、旧式の武具だったのだ。

「ともかくもう決めたわ。宗家は継ぐ。だが将軍襲職はまだ分からぬ。軍を退くのは家茂公の喪のゆえじゃ。春嶽らの建白など知ったことか」

慶勝は呆れて首を振った。つまらない意地を張るものだ。

「ならば大政の返上はどうする。将軍職がそこまで厭なら朝廷に返してしまえ」

「そなた、誰に向かって口をきいておる。これまで公家どもと外国と、諸藩とを取り持ってきたのはこの私なのだぞ」

私は国史に名を残す――

慶喜は底冷えのする声で言った。

「それには美しくなければならぬ。私をおいて誰にこの難局が乗り切れる。私ならば朝廷を仕切ることもできる。有栖川宮が里ゆえな」

真実それで乗り切ってくれるなら慶勝には異論などない。

「家茂公の発喪はどうする」

「解兵を決めたときじゃ。将軍家が長州に目こぼしするのは家茂公が亡くなられたゆえじゃ」

慶勝は眉をひそめた。

慶喜は将軍の死さえも利用する。江戸にいる御台所の和宮にも知らせず、落としどころを十分に探ってから十五代に就任するつもりなのだ。

「制外ゆえ、かえって動きやすくもなろう。当分は様子見じゃ」

同じようなことを、千年の血をもつ公家の岩倉が言っていた。

それきり慶喜はもう慶勝の顔を見なかった。

国史に美しく名を残すなど、知ったことではない。慶勝は立て板水はついに好きにはなれない。

だが慶喜の名が美しく残れば、幕府を美しく終えるという慶勝の望みは叶うのかもしれない。

それは慶喜が徳川の最後の将軍になるからだ。

二

雑煮を盛ると、座敷にいっきに正月の匂いが広がった。澪は京へ来てから白味噌雑煮を知ったが、まだ四度目なのに新年は幼いときからこうだったような気がする。陸ノ介と、無理をして起きてきた加祢とが揃うと、新しい一年の始まる喜びが胸に静かに満ちてきた。

「年が明けるというのは有難いことでございますねえ。どんな悲しいことがあっても今日からは新たな心で歩けと、神仏がおっしゃってくださっているようでございます」

痩せて華奢になった加祢が、目を潤ませて膳に手を合わせている。

加祢はこのところ十日に一度は寝込んでいたが、年の瀬には台所に正座をして、じっと澪の手元を見守っていた。煮染めの味付けのときはへっついへ降りて来て、そっと醤油を足しているのを澪は見た。だが大晦日にはうまくできたと褒めてくれて、今はただ嬉しそうに澪と陸ノ介を眺めている。

「ほんに昨年は大変な年でございました。ですが慶勝様はいよいよお忙しゅうなられましょう。陸ノ介様はしっかりとお助けになってくださいまし」

「加祢は我が家の刀自殿だな」

加祢が使っている背もたれは陸ノ介がこしらえたもので、今もまた陸ノ介は加祢の背に合わせて座布団を挟んでやっている。

「加祢はまことに仕合わせ者でございます。足がすっかり立たなくなりましたのに、このように面倒を見ていただいて」

「当たり前でしょう。加祢は私のお祖母様ですよ」

三人で手を合わせて膳に箸を伸ばした。加祢は少しずつだが餅を平らげたので、まだ当分は案じなくてもいいのかもしれない。

今年はもうすぐ新しい帝が即位されることになっていた。年の瀬に孝明帝が崩御されたので、その御子が次の天子様になる。

「茂徳様も一橋家をお継ぎあそばすことになりました。あの世で義建様もどれほど喜んでおいででしょう」

加祢はそれがいちばん嬉しいようで、暮れに聞いてからはそのことばかり話したがる。

「どうだ、あとで三人で賀茂社にでも行ってみるか。あそこなら人もそうおらぬゆえ、加祢も歩き易かろう」

「まあまあ、お連れくださるのですか」

だが加祢は餅が腹にもたれたと言って朝餉の途中で床に入ってしまった。

加祢が穏やかな寝息をたてたのを見届けて、澪と陸ノ介は家を出た。百万遍の尾張藩邸の前を過ぎ、加茂川に出て水鳥を眺めた。

鳥はどれも長閑《のどか》に遊んでいたが、橋のたもとの高い櫟《くぬぎ》の木に、一羽の黒い鳥がじっと止まっていた。

「からす……」

辺りでは鳶《とび》が高々と輪を描いている。

からすの群れも近くで休んでいるが、その一羽だけは高いところからくちばしを下に向けて一点を見つめている。

「どうしたのでしょう」

「荷車に轢《ひ》かれたのではないか。米は奪い合いだというからな」

陸ノ介が指をさした橋の中ほどに黒と赤の染みがついていた。櫟に止まっている一羽はそれとつがいだったようだ。

「鳥は一羽でも生きてゆけるのでしょうか」

「正月から厭なものを見せてしまったな」

「いいえ。ですがあのからすは飛び立つでしょうか」

晴れ着に身を包んだ裕福そうな商人たちが次々に橋を渡っていく。からすの死骸に目を留めては、顔を背けるようにして足早に通り過ぎる。

「世間を憂しとやさしと思へども　飛び立ちかねつ鳥にしあらねば――」

「なんだ、それは」

「加祢が左内様に教えていただいて、よく歌ってくれました。万葉の歌だそうですね」

やがて大樹の黒い鳥は飛び立った。

澪は舞い上がる黒い鳥に手を合わせた。何も不吉なことはない。昨年は将軍家茂に続いて孝明帝まで亡くなったが、きっと今年は良い年になる。

「澪。この川のずっと上手にな、岩倉殿が住んでおられる」

橋の中央で陸ノ介が北の空を指した。ずいぶん前に慶勝と会いに行ったという、帝の側近の公家だ。

「また会いに行かれたのですか」

「ああ。もうじき洛中へ戻るお許しが得られよう」

「たいそうなお叱りを受けておられましたのに、新しい帝が立たれるからですね」

澪は南の空を振り仰いだ。東山の裾には金戒光明寺があり、容保がいる。

「容保様は、せめて屠蘇《とそ》は召し上がったでしょうか」

「そうだな、容保もどうなるか分からんな。帝がおかくれになられて、容保ほど悲しんでおる者もなかろう」

崩御は昨年の暮れのことだったが、陸ノ介も慶勝もまだ容保に会いに行くことができずにいる。定敬が訪ねたというが、容保はやはり誰にも会わなかったそうだ。

「もう長州といくさどころではあるまいな」

「ですが御所に向けて鉄砲を撃ったのでしょう。どんな理由があろうと許されぬのではありませんか」

「常ならばな。ひとたび朝敵になれば未来永劫、その汚名は消えぬものだ。いくら後から罪を許されても」

だからそれで十分なのだ。長州はもう応分の報いは受けた。このうえ幕府までが咎める必要はない。

「薩摩は長州と手を結んだが、幕府を倒そうとまでは思うておらぬ。だがこれからは、幕府ではなく朝廷に皆が集まって政を進めるようになる」

その一人が慶喜であり慶勝だ。そんな諸侯を陸ノ介や西郷のような家臣が補佐して、外国とも商いをする新しい日本が生まれる。

陸ノ介はそっと澪の手を取り、賀茂社へ歩き始めた。真新しい風が川上から吹き抜けて、ぞくりとするほど首を冷やしていく。

「長州のことよりも、次は兵庫開港だろう。諸侯から話を聞かねばならぬゆえ、今年は京に日本中の大名が集まるぞ」

陸ノ介の明るい声に、澪も華やかな気分になった。

「では江戸の参勤交代のようなことが京でも見られるのですか」

「ああ、きっとな。京では見慣れておらぬゆえ、皆、さぞ驚くのではないか」

「まあ。では加茂川の上も通るでしょうか」

北山に叡山に、如意ヶ嶽に東山。水鳥がゆったりと浮かんでいる大橋を参勤で渡れば、諍いを起こす気など失せてしまうかもしれない。

「そういえば上様もずっとこちらにおられますね」

昨年の師走、慶喜は将軍になったが、二条城に居続けのままだ。

「さすがに江戸へ戻っておられる暇はないのであろう」

「本当に、あれほどご心痛の将軍様もおいでにならないでしょうね」

ふと茂徳のことが頭をよぎった。慶喜の後を継いで一橋家に入ったということは、次の将軍家になる目もあるということだ。

また風が吹いて、澪は背がぞくりとした。そんな茂徳の弟である陸ノ介が、このままここに澪などといて良いのだろうか。

「どうした、澪」

澪は首を振った。もうすぐ兵庫が開港される。日本はこれから、もっと自由な時代を迎えるのだ。

「兵庫はいつ開港されるのですか」

「期日は来年の今日だ」

「来年の……」

これから丸一年、どんなことが起こるのだろう。

賀茂社に詣でて大橋まで帰って来たとき、からすの死骸はもうなくなっていた。

「今日の敗北は、決して幕府に良いものをもたらすとは思われませぬ」

五月、久しぶりに尾張藩邸を訪れた春嶽はそう言って脇息に寄りかかった。

二条城での夜を徹しての評定が終わり、慶喜ともども御所へ勅許を奏上した帰りのことだった。福井藩邸は三条の手前にあるので、昨年から京に留まっている春嶽は、少し遠回りをして慶勝のもとへ立ち寄ってくれることもしばしばだった。

この春の終わり頃から、二条城では慶喜を囲んで評定が持たれるようになっていた。集まっているのは春嶽と薩摩の久光に土佐の容堂、あとは宇和島の伊達宗城《だてむねなり》で、慶勝は慶喜から出座を拒まれていた。それというのも慶喜は薩摩藩が政を主導するのを恐れており、そこに慶勝まで加われば警戒しなければならない先が二つに増えるからだった。徳川の意志はあくまで将軍の己だけのものだと慶喜は考えていた。

「しかし上様はまこと、聡明な御方でございます。我らは揃いも揃って手玉に取られましてござる」

春嶽はあっけらかんと笑ったが、目の下には濃い隈があった。

慶喜は四侯との評定で、まず兵庫開港を決めなければ長州については話さぬと突っぱねて、ついに押し通してしまったのだという。春嶽たちは先に長州の処分を話し合うつもりでいたから、すべては慶喜の思惑通りに進み、春嶽たちは敗北した。慶喜に将軍職を返上させるつもりでいたが、とてもそれどころではなかったらしい。

「しかし、良くも悪くも弁の立ちすぎる御方じゃ。我らはともかく、あれでは藩士たちが黙っておりますまい」

春嶽は難しい顔で腕組みをし、出された茶にも手を伸ばさなかった。

「四侯会議などと申して、藩主が将軍を囲んでの談合となれば、やはり限度がありましょうな。いくら藩士の意を汲む藩主を戴こうとも、藩士は自ら会議に出てものを言うことができぬ。幕藩体制でゆくかぎり、そもそも藩主に委ねるしかないというのでは藩士どもは不満でござろう」

「久光公も聡明な御方と存ずるが」

「左様。しかも決して短気ではござらぬ。それがしなど、かつて政事総裁職を投げ出しましたが」

そう言って春嶽は苦笑した。土佐の容堂はもう厭気がさしたとみえて、病だと偽ってあまり出て来なくなっているという。

「久光公のごとき藩主は、やはり滅多なことでなければ戴くことはできませぬ。藩士の考えも、この国が今すべきこともはっきりと分かっておられる。だがその稀有《けう》な藩主をもってしても何もできぬとなれば」

慶喜はきっと今時分、四侯をねじ伏せたと満足しているのだろう。

だがそれは将軍と藩主だったからだ。藩主たちには将軍の格別さが刷り込まれているから一歩退くが、じかに藩士が向き合えばどうなるか分からない。少なくとも藩士たちはそう思っているはずだ。

「それゆえ上様の存念が通ったのは、かえって良くなかったと仰せなのですな」

春嶽はうなずいた。

「諸侯を加えようが朝廷で行おうが、結局は将軍の意のままとなりますならば。慶勝公が藩士どもなら如何なされる」

「私はしょせん徳川の者でござるゆえ。逆に、春嶽公ならばどうなさる」

「それを申すのは憚《はばか》られますな。まさに、慶勝公は徳川の御方ゆえ」

それだけで十分だった。春嶽でさえそう思うのだ。藩士なら、将軍など無用と応えるのに決まっている。

「慶勝公は岩倉具視なる公家を存じておられますか」

「洛外に隠棲しておったとき、訪ねたことがござる」

「さすが、左様でございましたか。その岩倉が、薩摩藩士どもと王政復古を言い出しておるようでござる」

「王政復古……」

「天子みずからが政を司っておられた古に復す。それを上様が承諾なさるかどうか。もはやそれしか道はございませぬ」

慶勝は眉を曇らせた。それが唯一の、徳川の残る道なのだ。

「かつて神君家康公は豊臣を滅ぼされた。だがあのとき豊臣が一大名に下っておれば、豊臣は残っておりましたろう」

公武一和も朝幕並立も、もう夢のまた夢なのだ。徳川は征夷大将軍だった過去を捨て、一大名として命脈を保つほかはない。

「だが私が何を申したところで、上様は一切お聞きにならぬ」

「ああ、誰が申してもあの御方は左様でござろう。とはいえ大政を返上していただかねば、もはや徳川は立ちゆきませぬぞ」

慶勝は応えられずにうつむいて茶をすすっていた。あの立て板水を誰が翻意させられるものか。

「慶勝公。我らで、つまり容堂公と三人で、やはり上様に大政奉還を進言するしかございませぬ」

「いや、私はな」

「尾張の微妙さなど云々しているときではございませぬぞ」

慶勝は首を振った。そうではなく、己には徳川に美しく幕を引くという役割がある。

慶喜は将軍家に終わりをつける。それも含めて慶勝が徳川の時代に幕を下ろす。そのために慶勝はできるだけ尾張を無傷で保っておきたい。尊皇にも佐幕にも与せず、徳川が滅ぶとなったときに揺るがぬ土台でなくてはならない。

だから幕府が終わりを迎えようとしている今、慶勝は何に関わるわけにもいかない。強引に四侯会議に加わらなかったのもそのためだ。慶勝は徳川が消えるとき、出水をわずかでも抑える最後の堤でありたい。

「尾張はな、春嶽公。王命に依って催さるるべしとの藩是がござる。幕府がどのような道を行こうが、もはや一蓮托生とはならぬ。だが大政奉還を勧めるならば、私は抜きでしていただかねばならぬ」

「しかしこのままでは薩長は朝廷の下に、倒幕に舵を切りますぞ。するといくさでござるか？列強が眼前に迫っておるこのときに」

慶勝はただうつむくことしかできない。倒幕となればいくさが起こる。今、日本は内輪で争っているときではない。

「春嶽公の仰せの通り、薩長は倒幕でござろう。だが将軍家は、尾張の話ばかりはお聞きにならぬ。それゆえ尾張は、上様が尾羽打ち枯らして戻ってまいられたときの空き城、無人の城であらねばならぬ」

春嶽が驚いたように口を開いた。

「それが尾張の役目と仰せになるか。もはや手を尽くすことを諦めて」

慶勝はうなずいた。あの慶喜を己が説得できるはずがない。そしてなにより、もう大政奉還でこの国が収まるとは思えない。となれば直前まで尾張が将軍家のために働いていたと知れ渡れば、尾張は徳川の誰も助けてやることができない。

奔流とはそんなものだ。一所でも堤が破れたら人の力では水を止めることはできない。それが高須を知り尽くした、義建と茂徳から慶勝が教わったことだ。

「無人の城ではのうて、無私の城でございますな」

ぽつりと春嶽が言って、慶勝は顔を上げた。

「慶勝公のお心は承知いたしました。最後の最後まで諦めぬのは、徳川でない我らの役目ということですな。ならば私はなんとか、上様が大政を奉還してくださるように口説き落とす」

「どうか宜しゅうお頼みいたす。私は、せいぜい容保を黙らせるよう力を尽くす」

慶勝と春嶽は笑い合った。

あれはあれで難しい。容保は今もただ一人、長州が御所に鉄砲を向けたことだけは許さぬと考えているのである。

三

慶応三年（一八六七）十二月九日、慶勝は御所への大路を容保と馬を並べて歩いていた。加茂川を渡れば御所はもうそこなので、あまり話す刻はなかった。

先般、慶勝は尾張へ戻り、軍勢をととのえて再度上洛していた。今日の参内ではその軍勢を後ろに引き連れている。

――上様が大政を奉還なされましたことは、まことに祝着にございました。

秋に慶勝が訪ねたとき、容保は感慨深げにそう言った。慶喜は土佐の容堂の建白を容《い》れて、十月に大政奉還の上表を出して許されたのだ。

御所の土塀が見えてくると、辺りの気がいっきに澄みわたってきた。容保はまっすぐに禁裏を見つめ、手綱を握りしめている。

「どうぞ宗家を宜しゅうお願いいたします」

「ああ、任せておけ」

慶勝は目まいを隠して御門の手前で容保と別れた。

紫宸殿の正面に立ち、大きく息を吸って廂廊下《ひさしろうか》を歩いて行った。そろそろ公家たちの朝議は終わっている頃だろう。これから御学問所に諸侯が会して、慶喜の将軍職辞任の許しを受けるのだ。

慶喜は大政を返上したあと将軍職辞任を願い出たが、まだ勅許が下りていなかった。ここ一月ほどの京はまるで諸藩の兵が揃うのを待っていたかのようで、薩摩や土佐の軍勢が上洛を果たして集まるのが今日になった。

慶勝が御学問所に座って間もなく、六つの御門が閉ざされる厳かな音が響いてきた。今日、御所を守るのはあらかじめ決められた尾張に薩摩、広島、そして春嶽の福井に、容堂の土佐の兵たちだった。

御学問所は一段高い上段間から中段間、下段間と連なって、今日はそれぞれを隔てる金の襖絵が取り払われている。

つねなら中段間に座しているはずの慶喜の姿はなく、岩倉たち公家の向かいに春嶽や容堂たちが座っていた。それぞれが連れた重臣たちは下段間に控えている。

薩摩の久光は病で、藩主の茂久《もちひさ》が代わりに出ていた。茂久はまだ三十にもならない若い藩主だが、慶勝を見ると軽く一礼してすぐ目をそらした。

「さて。今しがたの朝議にて毛利父子の官位復旧はお許しが下った。かく申す私も、ようやく罪のお許しを賜ったばかりじゃ。大宰府に流されておいでの三条さんも、じき戻ってみえるであろう」

岩倉は言いながら御簾に向かって頭を下げた。三条とは八月十八日の政変で長州へ落ちた三条実美《さねとみ》のことだ。あれから四年という歳月が過ぎたが、長いか短いかどちらだったのだろう。

そのとき御簾のすぐ手前に座っていた有栖川宮がゆっくりと諸侯のほうへ向き直った。

「叡慮により諸事、神武創業の始めにもとづき王政復古をいたす」

言うやいなや有栖川宮が、つづいて岩倉が深々と頭を垂れた。慶勝たちは呑まれるように手をついた。

ぬかずいているあいだに、ふたたび岩倉が口を開いた。

「徳川慶喜には内大臣の官位辞退を申しつける。ならびに所領返上のこと」

慶勝は手をついたまま、あっけにとられていた。辞官も納地も今初めて知らされた。

「将軍職ならびに京都守護職、所司代などはすべて廃止いたす」

摂政関白もなくし、総裁、議定《ぎじょう》、参与の三職を置くと岩倉は付け加えた。慶喜の辞官納地という言葉の強さを紛れさせるつもりだったのだろうが、すでに慶勝たちは目が回っている。

御学問所では御庭の池から水鳥の羽音が聞こえていた。そのまま帝が退出され、慶勝たちは一切の会話を禁じられた。帝の御常御殿のすぐそばだと言われれば、互いに顔を見合わせることも憚られた。

日が傾きはじめたとき慶勝たちは小庭の対面にある小御所へ移った。

小御所の上段の間は広く、御座が遠い。やがて岩倉が慶勝たちの左手に座り、御簾が降ろされて帝が玉座についた。

春嶽は岩倉に向き直ると、ここに慶喜がいない理由をおそるおそる尋ねた。帝はまだ十六だが、そこにおわすというだけで公家が最高の権威をまとって見えた。

「これまでひたすら朝廷のために働いてきたのは慶喜公でございます。それを御所に呼びもせず、いきなりの王政復古とは。ついこのあいだまで庶政を司っていた将軍家を、これではあまりにないがしろにしておられぬか。これが信義の国の政でございましょうか」

信義という言葉を慶勝は久しぶりで聞いたと思った。

だがすぐに岩倉が狡猾そうな目で遮った。

「帝のお統《す》べあそばす日の本を、信義の国ではないと申されるか」

公家たちは帝に慣れているとでもいうか、春嶽のように声も上ずっていない。そういえば外に控えていたそれぞれの藩士たちもそうだった。発語を禁じられても目配せをし合い、そっと話を続けていた。

「慶喜は大政奉還を申し出ながら、将軍職も幕領も返上しなかった。慶喜の官位も所領も、帝より庶政をお預かりしておったればこその賜り物。それらの実を返さずに信義などと申すならば、まずは慶喜が帝に忠心をお示しするのが臣たる者の筋である」

「ならばなにゆえ慶喜公のみが所領返上にございます。薩摩もわが福井も、この尾張殿も所領はそのままか」

春嶽も譲らなかった。

だが岩倉は軽々といなした。

「それは慶喜に罪があるゆえのこと」

土佐の容堂がわずかににじり寄って春嶽に加勢した。

「内大臣たる慶喜公の信義、我らが軽々に口に上してよいものではない。慶喜公をこそ、ここへ参じさせ、己が口で弁明させるべきであろう。おらぬところで官位を返上せよとはあまりに悪辣《あくらつ》、卑怯でござる」

下段の隅では諸藩の家士たちが口を挟もうと身を乗り出していた。薩摩からは西郷と大久保利通《としみち》が列座していたが、それが許されているのは今しがたの王政復古の大号令で彼らが三職に任じられたからだ。帝がおわす続きの座敷に下士が並ぶなど、天地がひっくり返ったようなものだ。

容堂の顔にふっと皮肉な笑みが浮かんだ。

「今日で官位を奪ったとて、ともかくは昨日まで内大臣であった者に、申し開きもさせずに責めを負わせるとは如何なものか。開国も京の騒擾も、蛤御門のいくさも、すべて慶喜公の不始末か。長州が蛤御門に鉄砲を放ったとき、帝をお守りしたのは慶喜公であろう！」

蛤御門の名を出すと岩倉がひるんだ。下座に控える西郷たちもさすがにそれには言い返してこない。

どれほどのあいだか、上段間は静まり返っていた。

やがて岩倉が気を取り直して言った。

「ともかくも今日で幕府は廃止となった。これよりは有栖川宮さんを総裁に、政は新政府が執り行う」

容堂は首を振った。

「応じられぬ。慶喜公もおらずに何の評定か」

そのとき岩倉が膝行した。

「帝がおわす。王政復古は帝御自らが裁決を下されたことである」

「公家どもが幼い帝を担ぎ、政を私しておるだけではないか」

「控えよ！　帝ともあろう御方が、朝臣の言いなりにされなさると申しておるのか」

容堂はうろたえて上段を振り仰ぎ、深々と頭を垂れた。その刹那、大久保が動いた。

「もしも辞官納地が成らぬならば、帝の御為に我らが取り返すまでにございます。我らはもとより、その覚悟で薩摩の地を出てまいっております」

言うやいなや、大久保と西郷は揃って手をついた。とつぜんの気迫に、慶勝は大きく下座を振り返ってしまった。

今こそ慶勝は思い知った。帝とは勝つ側に立つ者のことなのだ。だから朝廷は千年ものあいだ滅びずに来た。このように壕の一つもない、どんな低い山からも見下ろされてしまう小さな町の中央で、ずっと神であり続けたのだ。

慶勝は涙がこぼれるのを懸命に堪えた。

幕府は今ここに滅んだのだ。帝が向こうに付くというのだから、この先できることといえば朝敵にならぬことだけだ。

徳川はもはや朝敵にされなければ十分だ。官位や所領にこだわっているときではない。

「慶喜公にはお受けいただくしかございませぬ」

慶勝が口を開き、岩倉や容堂や、西郷たちまでがこちらを向いた。

「辞官納地でしか身の潔白が明らかにならぬと仰せになるならば、逆にそれさえ成せば疑いは晴れるということじゃ」

慶勝がまっすぐに睨みすえると、岩倉も小さく頭をうなずかせた。

春嶽も、つと前へ出た。

「官位をお返しした後、慶喜公を何とお呼びする」

容堂も岩倉から目をそらさない。

「それは、前の内大臣で如何でござろうか」

岩倉もわずかに押されていた。いざとなれば、数十万石を治めてきた藩主たちなのだ。

小御所を出て承明門まで戻ったとき、慶勝はようやくほっとして空を見上げた。

正円に近い月が中天に冴え冴えと輝いていた。


慶喜への通告役となった慶勝は、春嶽とともに二条城へ登った。慶喜は二の丸御殿の大広間に一人で座り、襖絵の松を睨むようにこちらを向いていた。

「如何なった」

慶喜が将軍職辞任を奏請してから一月半余りが過ぎていた。

「官位を慶喜公自ら辞退するようにとのことであった。あとは所領もな」

どれほど激昂するかと思えば、慶喜はふうんと拍子抜けしたようにあっさりうなずいた。

「所領を返せとは、宗家には城一つも残らぬということか」

「さすがに、それはなかろう」

もしもそうだとすれば呆れるほどの意地の悪さだ。

「まずは二条城をお返しあれ」

「ようも申す。徳川が己の財で建てたものではないか」

慶勝も春嶽もうなずいた。二人はまだどこか狐につままれたような気がしている。

「幕府から政を奪って、朝廷は本心、外国とやり合うことができると思うておるのか」

「もはや公家のみではない。藩主をも凌ぐ志士どもが、どの家中にも無数におる」

慶喜はぼんやりと広間の格天井《ごうてんじょう》を見上げた。

千年も続けとばかりに枝を広げた松を描いた大広間は、幕府のかつての力を表している。その幕府が外国船を防ぐために砲台を造り、軍艦を買い、洋式銃を揃え、いっきに蓄えを使い果たした。

「長州の罪はどうなった」

「官位を旧に復し、入京も許されました。もはや朝敵ではございませぬ」

春嶽が答えると、慶喜はふんと鼻で笑った。

「もとは儂が朝廷に頼んでやったことではないか。十万石の削封を免じてやったのは幕府だぞ」

「いかにも左様にございます」

春嶽のほうが慶喜よりも苦しげに顔を歪めている。

「蛤御門には今も彼奴らの放った鉄砲の弾がめり込んでおるというのにな」

容保だけではなく慶喜も蛤御門の一件は不問にできぬと考えているが、長州は会津のせいで朝敵にされたと逆恨みをしている。

会津は洛中で草莽《そうもう》の志士を斬り、朝廷では帝に取り入って長州を遠ざけた。それさえなければ長州は穏やかに京へ上り、蛤御門の変もなかったというのが長州の言い分だ。

「よいわ。前内大臣ならば、家督を譲った先代将軍とでも思っておこう。慶勝が三職の議定ならば、宗家の私もすぐそうなるであろう。そのとき帝の御前で、岩倉も薩摩の下士どもも打ち据えてくれる」

相手がたとえあの西郷でも、慶喜ならばできるのかもしれない。だからこそ岩倉たちは慶喜を御前に通さなかったのだ。

「ふうむ。まずはここを去るか」

慶喜は座敷をぐるりと見回した。

「よいわ、よいわ。このように煩わしい京の守りはもう御免じゃ。城など、くれてやるわ」

そう言うと慶喜は、脇息をぽんと脇へ転がして胡座を組んだ。

「だが辞官納地とは、さすがに家士どもが承服いたすまい。そうなれば私とて、家士の思いに応えねばなるまいが」

慶喜がちらりと慶勝に目をやった。脅しか本音か、慶喜は新政府にいくさを挑むと言っているのだ。

だが慶勝は首を振った。身内で駆け引きをしているときではない。

「諸侯は京の地に戦乱を招くなど言語道断と、それぞれに厳しく自戒しておろう。だが下士どもはそのようなことは案じてもおらぬぞ」

小御所会議のときも帝の名が出た途端に容堂はうろたえたが、西郷たちにはそんな気配はなかった。だから御所に鉄砲を放つような真似ができたのだ。

春嶽が潤んだ目で顔を上げた。

「我らがなにゆえ王政復古を承服したと思うておられます。徳川を一刻も早く諸侯の列に戻すためではございませぬか。容堂公が蛤御門を持ち出したとき、言い返せる者はございませんでした。あの罪だけは、長州は未来永劫、消し去ることはできませぬ」

少しずつ諦めもついてきたのか、慶喜は静かにうなずいている。

「余はどこへ行けばよい」

「ともかくは大坂城へ。所領返上はなんとか沙汰止みにさせまするゆえ、江戸へはその後お戻りくださいませ」

春嶽が決意を語った。

「左様か。ならば宗家は議定で最大の禄高だな」

慶喜は大広間の障子を開けさせた。前に池をたたえた庭園が広がり、清冽《せいれつ》な気がいっきに広間へ流れ込んできた。

「守護職も所司代も廃止とな。宗家の味方はやはり会津のみか」

慶喜は忌々しげに言い捨てて庭へ下りて行った。

四

慶応四年（一八六八）正月三日の朝、慶勝は隼人の上ずった声に起こされた。慶喜配下の旧幕府軍が京街道の鳥羽口に達し、封鎖する薩摩軍と睨み合いになっているという。同じく伏見口にも旧幕府軍が詰め寄せ、そちらは長州兵が道を塞いでいる。

「帝に旧幕府の苦衷をお聞きいただくと申しておる由にございます」

「何を愚かな。長州が蛤御門に来たと同じことではないか」

御所まで伝えて来た薩摩藩士は、むろん即刻追い返せと言われて戻ったらしい。だから旧幕府軍は狭い街道口に留まり、後ろが次々つかえている。

「慶喜公はどの辺りにおられる。私が行って話す」

「それが、慶喜公は感冒にて大坂城で臥せっておられるとか。容保様も定敬様もおそばを離れることを許されず、軍勢のみを進発させられたそうでございます」

慶勝は気が抜けて床に座り込んだ。帝に訴えると言いながら慶喜が来ていないとは話にもならない。

昨年末、江戸で旧幕臣が薩摩藩邸を焼き打ちにした。大政を奉還してから江戸では盗賊まがいの騒擾が頻発し、すべて薩摩と長州が糸を引いていると噂されていたから、薩長に憤懣をためていた旧幕臣が決起したのだ。

そしてそのときから旧幕府の海軍は、薩摩とはいくさに入ったとして大坂湾辺りの島津船を攻撃し始めた。

「ともかく尾張からは一兵たりとも外へ出すな。門に閂をかけよ」

尾張がどちらかへ肩入れしたと言われては、今までの辛抱が水の泡だ。

慶勝は門の前庭に長椅子を出させて、わざと着流しのまま腰を下ろした。

しばらくして向かいの土佐藩邸が騒がしくなった。一度、大門が開きかけたがすぐ閉ざされた。だが横の潜り戸から駆け出して行く藩士たちの足音は聞こえている。

「殿……」

隼人も向かいの気配に耳を澄ましている。

「容堂公は中立でいてくだされよう。幾人か加勢するのは仕方がない。だが尾張からは出させぬぞ」

高須藩も大政奉還の後、百人ばかりが市中取締の任で上洛している。だが彼らは尾張とつねに行動をともにするから、ここから人が出ないかぎりは鳥羽伏見へ走ることはない。

「定敬の桑名軍はどこにおる」

「慶喜公が大坂城へ移られた際、定敬公とともに参ったと存じますが」

容保の会津藩士たちも同様だ。

「では今、鳥羽伏見に来ておるのは旧幕軍に会津と桑名か」

「新撰組もおりましょう」

慶勝は気が遠くなった。空を見上げるといつの間にか日は中天に昇っている。

鳥羽口も伏見口も狭い道だ。関所で押し問答を続けていれば、そのうちにどちらかが手を出すのではないか。

「行ってはならぬ。朝敵になるぞ」

ぎょっとして隼人が振り向いた。だが当然だ。その同じことを長州が御所の御門でやったのだ。

やがて慶勝に握り飯が運ばれて来た。

「何のつもりだ」

「もはや中食《ちゆうじき》の刻限にて」

慶勝は顔を背けた。座っていても腹は減る。街道口に立たされている兵たちも空腹に気づき始めているだろう。そんな苛立ちが積み重なっていくさは始まるのだ。

諦めて大坂城へ帰るがいい。慶喜たちが来ぬうちに、もう話は聞いてもらえぬと観念して江戸へ退却せよ――

慶勝は腿に手を置いてそう願った。薩摩たちは今や御所を守る兵だ。そこへ向かって来るとはそのまま朝敵ということがなぜ分からない。

南を見上げると、真冬の日差しといえども暖かい。なんとかこのままと念じたとき、ふいに花火のような音が降ってきた。

藩邸の物音がぴたりと止んだ。

「隼人……。銃声か」

「左様に存じます。誰ぞ、調べに行かせますか」

「いや。一人でも行けば、どんな疑いを受けるかもしれぬ」

慶勝はいざというときの容保たちの盾だ。そしてそれは今加わることではない。いつかすべてが終わったとき、容保と定敬を大水から守る堤になる。そのために慶勝はこの激流をうまくやり過ごさねばならない。

待つしかない。容保たちのために今できることは、一兵たりとも動かさぬことだ。

「隼人」

「はい」

「尾張の国許はどうなっている。隼人は竹腰から詳しゅう聞いておるのであろう」

慶勝は無理に気をそらした。

竹腰と成瀬は何百年ものあいだ徳川宗家の意を受けて動いてきた。慶勝と隼人にはとうにそれを超えた繋がりができているが、成瀬と竹腰のあいだにも連綿と続いてきたものはある。

「尾張は今も佐幕派か」

「はい。あの辺りは高須も桑名も、どれも左様に存じます」

高須と桑名のことは気にするまでもない。いつどんなときも尾張に右へならえだ。

「桑名は多少、違うておるようでございますが」

「よい。今は後回しだ」

桑名はこれまでも何か事があれば尾張に尋ねてきた。なにより藩主の定敬が、多分どこまでも兄たちとともに進むだろう。

「尾張で佐幕攘夷の頭目といえば、やはり新左衛門か」

「左様でございます。彼奴は家士からも慕われ、柄も声も大きゅうございますゆえ」

「明日からは尊皇開国じゃと言うても、聞かぬのだろうな」

日が暮れていく。南から響いてきた銃声は今では間断なく続いている。まるで通し矢の歓声を川向こうから聞いているようだ。

そのとき大門の潜り戸がとつぜん激しく叩かれた。

「陸ノ介か」

慶勝が立ち上がり、隼人があわてて扉を開いた。

日がかげり始めて、顔はよく見えなかった。だが見覚えのない男だった。

「すまぬが徳川慶勝様にお目通りを願いたい。それがしは開陽丸艦長、幕府海軍副総裁の榎本武《たけ》揚《あき》です」

前庭にいる慶勝を、家臣とでも思ったのだろう。男は慶勝が手招きをするとそばまで来て片膝をついた。

「そなた、いくさ場から来たか。私が慶勝だ。どのような様子であった」

榎本は驚いて仰《の》け反《ぞ》ったが、すぐ微笑んで元の通りに片膝をついた。

「あの音は鳥羽口か、それとも伏見口か」

「もはや双方ともでございます。どちらも戦闘になっております」

大坂湾で旧幕軍の進発を知った榎本は、船を置いて京へ上って来たという。東寺周辺と五条ではすでに激しいいくさが始まっており、自身は御所の方角から回り込んで尾張藩邸に辿り着いた。

若く颯爽とした、考え深そうな良い双眸《そうぼう》の男だ。

「じきに日も暮れましょう。ですがいくさは止まぬと存じます」

狭い街道口で、両側に家が立ち並んでいる。そこに火を放てば大きな松明《たいまつ》になる。

「幕軍は太刀を鞘袋に入れ、鉄砲にも弾を籠めておりませんでした。そうでもしなければ御所に銃口を向けたと取られかねませんので」

「どのみち同じであろう。はなから京へなど参らねばよかったのだ」

言いながら慶勝も気がついた。だとすれば薩長の側から鉄砲を放ったのだ。

だが、やはり同じことだ。

「いくさの始まりなど大差ありませんが、昼飯も抜きで突っ立っておれば短気も起こすでしょうなあ」

「桑名の兵もおったか」

榎本はうなずいた。

「幕府最強といわれる桑名軍ですが、街道口を破るのは難しゅうございます。薩長の後ろは広い京。対して幕軍は、押そうにも街道口一つしかございませぬ」

いずれ退却するほかはないと榎本は言った。

「こう申してはなんですが、慶喜公という御方はいくさをお知りになりませんなあ」

まるで学問所で新入りをからかうような口ぶりだが、歳は慶喜とそう変わらない。

榎本は長崎の海軍伝習所で学び、幕命でオランダへも留学した。そこで航海や造船術を習得して昨年、幕府の買いつけた軍艦を自ら操縦して日本へ帰って来た。それが今、大坂湾に停泊させている開陽丸だ。

「上様は真実、帝に嘆願なさるおつもりだったのでしょうか」

榎本も首をかしげているが、慶喜が真実そのつもりだったなら自らが上洛しないとは考えられない。軍勢だけを京へ向かわせても街道口で止められることは分かっていることだ。それともまだ昔の癖で、相手の出方を探るつもりだったのだろうか。

哀れなのは主君もなしに京へ向かわされた兵たちだ。容保の気性からして家士だけを送るはずがないから、よほど慶喜にきつく命じられたに違いない。

「もはや宗家などではない」

「は?」

榎本と隼人が同時に聞き返してきた。

「私は容保に言うてやりたい。慶喜公を宗家と思うて忠義を尽くすなど無用じゃ」

行軍させるのに武具に覆いをかける料簡が分からない。武家の棟梁なら覆わぬのも当然だと言い返す覚悟も気迫もなしに、帝のおわす京へ軍勢だけを差し向けたというのか。

「まあ、あの街道口では一日と保ちますまい」

榎本は他人事《ひとごと》のように飄々としている。

旧幕軍はすぐ敗走し始める。だが街道を落ちる兵たちは果たして大坂城まで辿り着けるだろうか。あるいはどうにか、大坂との中程にある淀城にならば逃げ込めるか。

「これでいよいよ幕府は交渉が難しゅうなりましたな。細い街道口に押しかけるなぞ、下策中の下策」

だがまさか無策のはずがない。きっと慶喜には誰も思いもよらぬ腹案があるのだ。

さて、と榎本が立ち上がった。

「私は大坂城の慶喜公と合流します。それゆえ街道での戦いは傍観とさせていただきます。途中、せいぜい様子を探って時節の到来を待ちたいと存じます」

榎本には軍艦がある。

「尾張は手勢を貸すことができぬ。そなた、幾人連れておる」

「いや、馬もなく三人で参りました。もとから海で戦うつもりゆえ、残りは大坂湾でございます。斥候には小勢で夜のほうが都合がよい。ここで失礼いたします」

身ごなしの軽さに慶勝は惚れ惚れとした。

「実はそれがし、尾張は薩長とともに軍勢を出されるかと案じて、止めにまいりました。静観と知って安堵いたしました」

「この先どうするかは分からぬがな」

慶勝が皮肉な笑みを浮かべると、榎本はぴくりと眉を吊り上げた。

「だが会津と桑名は私の弟だ。尊皇だろうと倒幕だろうと、私は弟の身をいちばんに考えるつもりだ」

「ああ、なるほど。慶勝公の根はそこにありましたか。それは揺るぎがございませんなあ」

榎本は気持ちよく足を揃えると西洋式の敬礼をした。

「では失礼させていただきます」

「気をつけて行け」

「忝うございます」

慶勝は笑って榎本の背にうなずいた。

榎本でさえ傍観すると言ったのだ。慶勝もそれでいいではないか。軍勢を出したくない慶勝は、もう床に潜ってふて寝でもしていようか。

慶勝は式台に床を敷かせ、衣のまま寝転がって頭から布団をかぶった。次の日も、その次の日も、拗《す》ねたようにそれを続けた。

そうして七日の朝、夜に街道を抜けたという陸ノ介が単騎で尾張藩邸へ帰って来た。

正月三日、慶喜の命で幕軍は街道を京へ向かった。江戸を乱す薩摩の非道を朝廷にうったえるため、討薩としたためた文書を掲げていた。

じきに議定に任じられると言われていた慶喜は、江戸で薩摩藩邸があっさりと燃え落ちたと聞いて自信を取り戻した。上方でこそ幕府はおとしめられているが、よくよく考えれば幕府の本拠は江戸なのだ。しかも慶喜の手元には一万五千を上回る軍勢があり、京の新政府は寄せ集めの五千にすぎない。

陸ノ介は大坂城から隊列を組んで出て行く軍勢を見ていたが、慶喜は元日の朝から熱を発し、容保と定敬をそばに置いて自らは立ち上がりもしなかった。

朝、大坂を出た一万五千の軍勢は街道の途中で鳥羽口と伏見口に分かれ、どちらも申刻《さるのこく》に街道を塞ぐ新政府軍と向かい合った。通せ通さぬの押し問答がしばらく続き、ついに幕軍は通ると言い捨てて歩き出した。

そのときとつぜん、薩摩軍から鉄砲が放たれた。弾を籠めていなかった幕軍の先頭はわっと隊列を崩したが、後ろにいた桑名の軍勢が気づいて撃ち返した。

あとは激しい戦闘になり、幕軍はいっせいに京へ駆け出した。

だが細い街道は先でつかえ、せっかくの大軍勢も押すことができない。日が落ち始めたので双方が辺りの村に火を放ち、夜灯りの中でいくさは続いた。

大坂城には逐一、注進の使者が戻って来た。真夜中を過ぎても戦闘は止まず、幕軍は突撃を繰り返したが、伏見口では長州軍に押されて中書島まで後退していた。

そして明くる日、伝令が泡を食って大坂城へ転がり込んで来た。そのとき慶喜は上段で脇息に寄りかかり、容保と定敬は下段で望遠鏡に目を凝らしていたという。

「大坂城からは、戻って来る軍勢がわずかに見えました。皆、淀へ向かっておりましたな」

陸ノ介は淡々とそのときのことを話した。

ともかく城へ入れば劣勢も立て直すことができる。そう考えて幕軍は三つ叉に川の合わさる淀の地へ急いでいたという。

「あれは……、真実だったのか」

ちょうどその同じ頃、慶勝は突風のように京の町を駆け抜けた噂を耳にしていた。薩摩藩が本陣を置いていた東寺に錦旗《きんき》が掲げられたというのである。

陸ノ介は眉根を寄せてうなずいた。

「真実でございました。いえ、見てはおらぬのですが、京に延びておった軍勢の先が、尻に火でもついたように泣き喚いて辺りへ散ったそうにございます」

ただでさえ先鋒があわてふためいて向きを変えれば、雪崩を打ったように軍勢は崩れる。それが錦旗だ錦旗だと叫びながら血相を変えて走って来るのだから後続はたまらない。錦旗という言葉はまるで稲妻のように幕軍の最後尾までいっきに駆け抜けた。

「容保はどうしておった」

慶勝は鉛のように重い口でどうにか尋ねた。

伝令が錦旗が立ったことを伝えたとき、慶喜は上段に崩れ落ちたという。

だが容保は望遠鏡を床に叩きつけ、初老の伝令の前に仁王立ちになった。

――偽旗じゃ！　そのようなものは決して錦の御旗ではない！

その場にいた皆が容保の気迫に息を呑んだ。

だが深紅の旗には金糸でたしかに菊の縫い取りがあった。天照皇太神という文字が高々と風に翻っていたと、伝令は喘ぐように言った。

それでも容保は武神のように両眼を吊り上げ、重ねて言った。背には陽炎《かげろう》が揺らめいているかに見えた。

――聞こえなかったか。どのように縫ってあろうと、それは偽旗じゃ！

聞く者が胴震いするような声だった。

――全軍に伝えよ。偽旗などに怯むな。奪い取って裂いてしまえ！

慶勝は思わず顔を覆った。その言葉はまずい。偽旗だから裂けとは、いかにもまずい。

伝令は吹き飛ばされるように駆け出したが、潰走する兵たちにぶつかって、どこまで辿り着けたか定かではない。

「慶喜公は」

「よう申したと、蚊の鳴くような声で仰せでございましたな」

陸ノ介はふんと薄く笑った。

錦旗が掲げられた明くる日には、幕軍は完全に淀まで押し戻されていた。

だが淀城は目の前で門を閉ざし、あとはどれほど門を叩いても何も応えず、幕軍は逃げ場を失った。

「老中の稲葉までが逆らったか」

城門を閉ざされた兵たちの心中はいかばかりだったろう。もとから主君は同道せず、頼みの味方には門を閉ざされ、あまつさえ前には錦旗が翻っている。

「錦旗が出されたうえは致し方ございませぬ」

陸ノ介は悟りきったように穏やかに話している。

だが稲葉は老中になる以前は、容保の下で京都所司代を務めていた。その功で老中に抜擢されたのではないか。

慶喜はただそわそわと上段を歩き回っていたという。爪を嚙むばかりで、容保が出陣すると言ったときは腕を摑んで押しとどめた。

――宗家を守るのが会津の家訓であろう。このようなときに将軍の下を離れるとは、どういうつもりだ。

幕府最後の将軍はいくさをしたこともなければ、する気もなかった。京へ進撃するというのに弾も籠めさせず、覚悟どころか、こうなることをどこまで予見していたのかも疑わしい。

ついには対岸に布陣していた津藩からも鉄砲を浴びせられ、兵たちは淀を諦めて大坂城へ落ち延びた。街道ではまだ戦っている新撰組や会津の兵たちがいたが、傷ついて戻る数は増すばかりだった。慶喜は一歩たりとも退くなと檄を飛ばしたが、座敷の上段からも降りようとしない主の言葉は、伝令もどこまで真剣に伝えただろう。

慶喜は爪を嚙みながら長いあいだ胡座を組んでいた。そして夕日が沈むとおもむろに立ち上がった。

「湊へ参るゆえ、容保も定敬もついてまいれと仰せになりました」

大坂湾には開陽丸が帆を下ろしている。幕府海軍の要の蒸気軍艦で、二十六門の大砲を備えている。

「あのように大きな船は、とても川には入れませぬ。艦首を向け変えただけで底を擦ると容保は申したのですが」

——余に考えがある。このまま座して敗残兵が戻るのを待ってなどおれぬわ！

慶喜の目は狂気に血走っていた。そこにいた誰もが、七十万両も費やした幕府一の軍艦を淀川に沈めるつもりなのだと悟った。

慶喜は皆の背を押すようにして立たせると駆け出した。容保と定敬は、止めるには後をついて行くしかない。

湊まではまだいくさの音も届いていなかった。

黒い死んだような海が静かに広がり、日の沈んだ沖合にどうにか開陽丸の黒い影を見つけることができた。

慶喜は桟橋から舟を漕ぎ出させた。容保と定敬は慶喜の脇に飛び移り、翻意させる言葉を探していた。

ぷつぷつと慶喜の爪を噛む音が響く。容保はそっと袖を引いて噛むのを止めさせた。

やがて舟は開陽丸の船縁に漕ぎ寄せ、慶喜につづいて容保たちも乗り込んだ。

そばに寄れば圧倒されるような鉄の塊である。これがもしも淀川を遡ることができれば、この威容に薩長が立ちすくむことはあるかもしれない。

容保も定敬も迷っていた。ひょっとしたら遡れるところまで行くのが勝ちを呼ぶのではないか。

慶喜は船室に入ると帆を上げさせた。機関は火を落としておらず、すぐにスクリューが回って船が傾いた。

だがやはり開陽丸はとてもこれ以上の浅瀬には入れない。しかも実際に乗ってみれば、ここまで離れていれば大砲を撃っても届かない。だから榎本も船を下りて街道に出たのだ。

慶喜はまた爪を嚙み始めた。大きく傾いていた船は船首を東の海へ向けて立て直し、容保と定敬は顔を見合わせた。

開陽丸は速度を上げ、そのまま沖へ進み出した。慶喜たちを乗せて来た艀舟《はしけぶね》が、とつぜんの横波に転覆しかかっている。

——まさか、大坂を離れるおつもりか。

容保が叫ぶと、慶喜は癇癪を起こして足を踏み鳴らした。

——錦旗が掲げられたのだぞ！　余に朝敵になれと申すのか！

——兵には一歩たりとも退くなと申されたではないか！　いくさ場を捨て、兵を置き去りに逃げるとは、それでも大将か！

あれほど激昂している容保を陸ノ介は初めて見た。

「家士は今もまだ薩長の弾を浴びている、己ばかりがおめおめと生きて帰れるかと、慶喜公に摑みかかっておりました」

だが慶喜は頭痛がひどいのだと言って容保の手を払いのけた。そして船の上で暴れても始まらぬと、あっさり甲板に座り込んだ。

——宗家も十五代となればこの体たらくか！　己は死ぬ覚悟もせずに、兵だけを京へ向かわせられたか！

容保は慶喜を揺すぶったが、慶喜は薄い笑いを浮かべていた。

「容保は船を降りると叫んで、踵を返しました」

——兄上、私も参りますぞ！

横で定敬も叫んだ。容保は鍔《つば》に手をかけ、止めるならば斬ると周囲に凄んだ。

陸ノ介があわてて容保と定敬の太刀を取り上げたとき、慶喜が冷ややかに陸ノ介を振り返った。

「おぬしは船を降りよと申されました。徳川の血を引かぬ私が江戸城に入ることは許さぬと」

陸ノ介は慶勝を気遣うように微笑んだ。

「慶喜公は江戸城へ向かわれました。駿府辺りで軍勢を立て直す肚でもなく」

慶勝は己でも血の気が引いていくのが分かった。徳川が美しく終わることだけを願ってきたが、これではもうどんな言い訳もできない。軍勢を錦旗に向かわせたまま置き去りにして、己だけが朝敵にならぬつもりだろうか。

慶喜は錦旗ではなく薩長の軍勢に怯えただけだ。

「それで陸ノ介は船を降りたのか」

慶勝の足下にまでスクリューの揺れが伝わってくるようだ。夜の海は風も強く、船はいっきに速度を上げて海面を滑って行く。

「早う降りなければ、艀が引っくり返るところでございました」

陸ノ介の澄んだ声に慶勝は涙がこぼれそうになった。

「慶喜は陸ノ介を、父上の子ではないと言ったのだな」

「兄上、どうぞ私への気遣いはご無用に」

「気遣いなどではない。そのような火急の折に、慶喜のほか誰にそんな芸当ができるかと情けのうなったのだ」

慶勝はもう生涯、慶喜の顔だけは見たくない。

陸ノ介はさっぱりとしている。これと同じ優しい顔をした容保と定敬は、今時分どうしていることか。

将軍を乗せた開陽丸は今どこを走っているのだろう。

かつて朝敵にされた長州にしてみれば、新たな朝敵を作るしか、それを拭う道はない。関ヶ原以来の恨みをいだいてきた将軍家がそれになれば、勝る喜びなどないだろう。

そのぶん長州はこの千載一遇の好機を見逃さない。

「慶喜公は不可解な御方でございますな。戦うからには江戸城でというおつもりでしょうか」

慶勝には慶喜がそんな真っ当なことを考えているとは思えない。本気で戦うつもりなら、兵は一人でも多く連れ帰るはずだ。

「慶喜は、己がどうすれば朝敵と呼ばれずに済むかしか考えておらぬのだ」

今さらそんな手だてがあるはずはない。だが慶喜なら、まだ何か考えつくのかもしれない。

そのとき誰が身代わりにされるのか。慶勝は胸をうそ寒い風が吹き抜けるようで、体が震えてならなかった。

第七章　会津

一

「見よ、隼人。なんとも見事な城ではないか」

鳥羽街道を下って来た慶勝は、馬を停めて淀城をとくと眺めた。砲弾の一つも浴びず、大手門は鳥が羽を広げたように美しく開いている。

「神君家康公はまこと良いところに城を築かれた。宇治川と桂川が目の前で合わさるとは、まるで高須のようではないか。だというのに淀には水の煩いもなく、さぞ楽な暮らしをしてまいったことであろう」

「殿。お声が大きゅうございますぞ」

「かまわぬわ」

慶勝は乱暴に蹄を蹴立てさせ、馬をぐるぐると回した。

淀城は大坂城とともに家康が西国に睨みをきかせるために築かせた。落雷で焼けたので天守はないが、もとはそれも二条城から移したものだ。

かつて幕府はこの城が火事で焼けたといえば惜しみなく再建の金子を出し、代々の藩主は残らず要職に就けてきた。今、江戸にいる老中の稲葉正邦も幕府が譜代として信頼すればこそ、城主を務めさせたのだ。

「老中の城が将軍家の軍勢に大手門を閉ざすとは、神君家康公もさぞあの世でお慶《よろこ》びであろう」

「殿、稲葉殿が門を閉ざされたわけではございませぬ。主が江戸にあり、対岸に錦旗が立てば、家士たちが門を開かなかったのも道理でございます」

隼人は目顔で声を下げよと言っている。だが誰がそんなことをするものか。

「主がおらねばこそ、たとえ錦旗が掲げられたとて、後からいくらでも言い逃れができたのよ」

慶勝は桜田門も思い出して腹が立つ。どうにも抑えられずに、配下の端々にまで届くように声を張り上げた。

「皆にも申しておくぞ。私が老中でも務めて名古屋城におらぬとき、将軍家の軍勢が来れば、たとえ何があろうと迎え入れよ。くれぐれも門を閉ざすような恥ずかしい真似だけはするな」

淀城からの出迎えは大手門の周りで揃ってうなだれている。

鳥羽伏見でのいくさが終わって三日、朝廷は新政府に慶喜の征討を命じ、慶勝はその総代として京街道を下って来た。大坂城ではふたたびのいくさになる恐れがあり、慶勝は露払いに城の受け取りを任じられたのだ。

慶喜の軍勢は鳥羽で負け、伏見で負け、軍を立て直そうとした淀城では城門を閉ざされて大勢の兵を失った。ついには淀川の対岸からも攻撃を受け、ここでいっきに総崩れとなって必死で大坂城へ逃げ込んだ。だがそのときすでに将軍は姿を消しており、おおかたの兵は自らの国許へ戻って行った。

慶勝が大坂城に入ってみると、中はもぬけの殻だった。榎本が残されていた軍艦に傷兵たちを乗せ、打ち捨てられていた什器なども整えて去ったという。ちょうど慶勝の入城した日、彼らは入れ違いで出て行ったのだ。

あわただしく受け取りを済ませ、慶勝は尾張へ向けて出立した。

新政府は立ったが諸大名の領国はそのままで、まだ実際に慶喜征討が始まったわけではない。慶喜は江戸城に籠もって鳴りを潜め、京大坂より東では、皆がまだ慶喜を将軍と考えている様子もある。

慶勝でさえ尾張へ向かう道中では、幕府が廃されたのも幕軍が敗れたのも幻ではないかと幾度も思った。大坂から一歩離れるごとにまだまだ幕府はやれるという気がしてきて、新政府のほうが霞んでいった。

だがそんな慶勝の傍らで、陸ノ介がずっと背筋を伸ばして馬に跨がっていた。

陸ノ介は尾張が近づいたとき行列を離れて山手へ入り、一本の枝を下げて戻って来た。

「早咲きの梅を見つけましたぞ。折るのはためらいましたが、兄上を喜ばすためじゃと詫びてまいりましたゆえ」

陸ノ介の差し出した枝には清らかな白梅が二つ三つと蕾《つぼみ》を開いていた。顔を近づけると、今年初めての甘い良い香りがした。

「やはり京よりは暖かいようだな」

慶勝が京を出たとき叡山はまだ雪をかぶっていた。だがこうして日が高くなると、風はもう春を思わせる。

「やはり我らにとって、尾張は格別の土地でございますな」

陸ノ介は屈託なく微笑んでいる。兄弟で道中ゆっくりと話すことができ、それを思えば慶喜が陸ノ介を船から降ろしたのは有難いことだったのかもしれない。

「慶喜公も大坂城へ移られて、京を幻と思うていくさを仕掛けられたのかもしれませんな」

名古屋以東どころか、尾張藩でさえまだ佐幕のままなのだ。今からでも尾張が新政府に逆らえば、徳川の世は戻るのではないか。

そんな詮無いことを考えかんがえ、明日は名古屋城へ入るという前の晩だった。慶勝は陸ノ介と、旨くもない酒を深更まで舐めていた。

「やはり長州が朝敵という汚名を雪《すす》ぐ道は一つしかございませぬな」

陸ノ介がさっぱりとした顔で言った。

人の心に刻まれる朝敵の名は、今のままでは長州なのだ。誰もが形の上で長州の罪が許されたことを知っていても、御所に鉄砲を撃った大罪は忘れていない。

「長州はこのままでは済まさぬのだな」

「新しい朝敵を作るしか、長州が生まれ変わる道はないと存じます」

陸ノ介の目は潤んで見えた。

「帝がお許しになろうと、ほかならぬ長州自体が己の罪を忘れられませぬ」

だから新たな朝敵ができるまで長州は手を緩めない。

「それゆえ、やらねばならぬことでございます」

一部の家士のために尾張家中が朝敵にされては、尾張の次代が生き難くなる。

せめて慶勝に十日でもあれば、話せば分かる家士ばかりなのだ。だがすでに姦徒誅鋤《かんとちゆうじよ》の勅命は出され、尾張と会津は今、徳川宗家ともども朝敵にされる恐れが最も高い。

「勅命だとは決して伝えるな。この世を去る間際に、帝の逆鱗《げきりん》に触れたなどと身に覚えもないことを聞かせる必要はない」

慶勝は目頭を押さえた。京にいながら佐幕派誅滅の勅命を防ぐこともできなかった、すべては慶勝の罪なのだ。

「茂徳に尾張を佐幕にするよう命じたのは私だ」

「どうか堪えてくださいませ。最後に会津を救ってやれるかは、これからの兄上次第でございますぞ」

陸ノ介の言葉だけが慶勝を支えている。だがその陸ノ介に、慶勝は己よりも苦しい思いをさせるのだ。

名古屋城に入った慶勝は、かつてなく安堵したらしい家士たちの出迎えを受けた。京での変事はことごとく尾張にも伝わり、主を欠いた淀城の不手際も広く知れ渡っていた。だから新左衛門たち在国の重臣は、慶勝が戻ってようやく一息つくことができたのだ。

慶勝は大手門を入り、式台を上がる。陸ノ介が後ろからついて来る。

「殿のお帰りがこれほど待たれたのは、それがしも初めてでございましたぞ！」

新左衛門はまっさきに破れ鐘のような声を張り上げ、子犬がじゃれるように四つも年下の慶勝にまとわりついて来た。

「このふつつか者が、殿にお目をかけていただきましたによって。懐かしゅうございますなあ。浜御殿の隣に大砲を並べ、外国船を待ち構えておりましたのが早、十四年前」

広間への廊下を歩きながら、新左衛門はさっそく機嫌よくまくしたてている。慶勝は健気に大砲を曳いて歩いていた新左衛門の姿が浮かび、目の前がぼやけてきた。

「兄上、そのような情を起こされるゆえ、お辛いのですぞ」

そう囁いたかと思うと陸ノ介は気配もなく太刀を抜いた。慶勝の前を歩いていた小姓たちが鯉口の切られた音でこちらを振り返った。

ひゅっと風が鳴ったとき新左衛門はまだ笑って話をしていた。おや、と陸ノ介を振り向いた刹那に新左衛門は仰向けに倒れた。

幅三間ほどの廊下で、皆がいっせいに飛び退《すさ》った。隼人は慶勝の前に立ち、体を陸ノ介の太刀の盾にした。

はじめから間合いを測っていた陸ノ介は二歩ばかり後ろへ下がると、大番頭《おおばんがしら》の榊原正帰を斬り捨てた。高い血しぶきがあがり、榊原は驚いた顔をしたまま事切れた。

周囲がいっせいに鯉口を切った。

「控えよ、上意である」

隼人が短く制した。

陸ノ介は血のついた太刀を斜めに下げ、馬廻頭の石川照英を睨みすえた。

石川は目をしばたたき、鍔に手をかけた。周囲は皆、呆然と立ち尽くしている。

「そ、それがしが何を……」

太刀を抜くわけにもいかず、石川は助けを求めるように慶勝を見た。だが理由を告げられる者などおらず、誰もが次は己かと身構えている。

陸ノ介がとんと床を蹴った。皆があっと息を呑むより先に石川は絶命した。

「見事じゃ、陸ノ介」

その声で陸ノ介は太刀を下に置いた。

「皆の者。陸ノ介に命じたのは私だ。この者たちは世が世であれば罪などない。手厚く葬ってやれ」

慶勝は新左衛門の姿から目を逸らした。

真新しい血の臭いで廊下は噎《む》せかえるようだ。

「皆にもさまざま考えはあろう。だが今日より一切、佐幕はならぬ。尾張は新政府とともに行く。それが徳川を残す唯一の道と心得よ」

「徳川を、残す？」

少年のような小姓たちが互いに顔を見合わせている。この若者たちの溢れるような未来のために、尾張は立ち止まっているわけにはいかない。

「私は新政府の議定を続けねばならぬ。春嶽殿、容堂殿と力を合わせて宗家の罪を許していただく。尾張が目指さねばならぬのは、もはや幕府を云々することではない」

幕府を保つことは絶対にもう不可能だ。だから慶勝は、これから泥にまみれていく宗家を最後に掬《すく》い上げるためにすべてを使う。尾張はそのときのために力を保っておかなければならない。

「今、新政府に疑われるわけにはまいらぬ。是非もない。情を断ち、藩内の佐幕派は斬首にいたす。仕置は、騒ぐ者たちの口を閉ざすためじゃ」

ためらっているひまはない。尾張は新政府の命じるまま、その手先となって動く。

その後、慶勝はさらに十人余りを斬罪に処し、一族の者の禄を召し上げた。

その最中に桑名藩は新政府に城を開いた。もちろん定敬は江戸から帰っておらず、かつて定敬の代わりに推されたこともある庶子が新藩主に立てられていた。桑名の家老たちは尾張に相談もせず、定敬は気づけば帰る国を失ったのだ。

慶勝は京にいた桑名藩士を預かっておきながら、定敬が藩主になるとき庶子の騒ぎがあったことをすっかり忘れていた。京では会津と桑名が半ばは幕府から離れて独自に帝を守っていたから、会津が市中で憎まれるとすれば桑名も同じことだったのだ。

それが会津の陰に隠れて、慶勝までが桑名のことは頭の隅にもなかった。

「兄上」

振り向いたとき、陸ノ介が旅装束で庭先に膝をついていた。

「行くのか」

陸ノ介は微笑んでうなずいた。

「今度はいつ戻る」

慶勝はそう尋ねたが、陸ノ介は応えずに背を向けた。

二

ずっと閉じていた加祢の瞼がかすかに動いた。

「澪様。旦那様がお戻りでございますよ」

加祢はしっかりとした口調でそう言った。

声を聞くのは幾日ぶりだろう。庭では梅がほころび、鶯《うぐいす》がさえずっている。

「私はここにいますよ、加祢」

節分の夜には炒り豆を少し口に入れた加祢だが、それきり何も食べずにもうずっと臥せっている。だが寝顔が穏やかで、澪は余計なことを考えずに済んでいた。

「まあ澪様、違うんでございますよ。もうすぐその潜り戸を開けて、旦那様が帰っておみえです」

加祢は震える指で澪の後ろを示した。だが陸ノ介は鳥羽伏見のいくさのあと慶勝について尾張へ行ったきり、どうなったのか分からない。

半月ほど前、容保が藩主を辞したと江戸から伝えられてきた。藩士をいくさ場に置き去りにした責任を取ったというが、慶喜に命じられてやったことだというのは京大坂の誰もが知っていた。

だがいくさの最中に錦の御旗が掲げられて、薩長は官軍になった。定敬は江戸へ連れて行かれたあいだに藩主ではなくなり、大勢の藩士が定敬を慕って脱藩したという。

その後すぐ容保と定敬は江戸城に登ることも禁じられ、ついに会津と桑名には勅命が下りて、正式に朝敵とされた。

「宜しゅうございましたねえ、澪様。こんなときでございましょう、陸ノ介様がお戻りになれば安心ですよ」

「加祢、私のことは案じなくていいのよ」

そのとき表で戸の開く音がして、澪は驚いて振り向いた。

「ほら。やっぱりご無事でいらっしゃいましたでしょ」

加祢は細い息で笑うと、また目を閉じた。

履き物を脱ぎ、足音はこちらへやって来る。あの歩き方は陸ノ介だ。

静かに障子が開き、まるで今朝の続きのように陸ノ介が顔を出した。髷も衣も汚れてはおらず、どこにも怪我はなさそうだ。

「加祢、具合はどうだ」

「まあまあ旦那様。加祢は大事ございませんですよ。松の内にはそれは大きな餅をいただいたんでございます」

加祢は目は閉じたままだが、声はしっかりとしている。

澪は陸ノ介に微笑んだ。先月はまだ加祢もしゃんと床の上に座り、ときには寝間から出ることもあったのだ。

「陸ノ介様は、これからはもうずっと京においででございますか」

「そうだ。だから加祢は案じずともよい」

「澪様をどうかくれぐれもお頼み申します。加祢はもう体がいけませんので」

「分かっている、今度は私もずっと京にいるぞ」

するとと加祢は安心したように大きく息を吸った。そしてまた眠りに落ちた。

「陸ノ介様。容保様が江戸を追放になるというのは本当ですか」

陸ノ介は優しく目を細めて、誰に聞いたと尋ねた。

「京では皆が話しています。錦旗が掲げられて、上様と容保様、定敬様は朝敵になられたのでしょう」

「上様は朝敵ではない」

「でも上様の軍勢が官軍と戦ったので」

「ああ。だが朝敵は、容保と定敬だけだ」

陸ノ介はふざけたように、面白いものだなと言った。

「陸ノ介様はどうなさるのですか。慶勝様は?」

「兄上は東海道の触頭《ふれがしら》になられる」

「触頭？」

陸ノ介が難しい顔でうなずいた。

これから官軍が東征に出る。鳥羽伏見のいくさを起こした慶喜は勝手に謹慎を決め込んで江戸にいるし、政を行ってきた江戸城も、幕府に従ってきた東国諸藩も、なにもかもまだ旧来のままだ。新しい政府が立ったというからには、それらに始末をつけなければならない。

そのための東征軍は西郷が大総督参謀を務め、本陣が江戸城に置かれることになっている。かつて家康が天下統一に関ヶ原へ向かったのと逆の道を、これから新政府軍が進むのだ。

その軍勢には尾張藩も加わるが、慶勝は先に東海道の諸藩に文を送り、東征軍への恭順を促すことを命じられたという。

「でしたら容保様と定敬様はどうなるのですか。薩長が江戸城に入り、新しい将軍になるのですか」

「そうではない。征夷大将軍というものがこの世からなくなるのだ」

薩長による新しい幕府が立つのではなく、幕府という仕組み自体がなくなる。

「では上様はどうなられます」

「上様よりもな、容保だ」

長州は新たな朝敵を作ることに成功した。長州はもはや官軍で、これからは会津に味方する者が朝敵になる。

「兄上ですら、家士たちのことを思えば容保の味方はできぬ」

澪にはよく分からなかった。京でいちばん帝から信頼されていたといえば容保だ。蛤御門の変のときも長州征討のときも、帝は容保を格別に思し召し、条約勅許も容保を信じればこそ下された。

「五年ものあいだ朝廷を守っておられたのは、守護職の容保様ではなかったのですか」

鳥羽伏見のいくさでは会津藩士は慶喜に命じられて京へ上り、捨て駒のように三日ばかり戦わされて、最後は傷ついたまま街道筋に放り出された。

「上様が京へいくさを仕掛け、負けてご自分だけ軍艦でお帰りになったのでしょう。それなのにどうして上様ではなく会津が朝敵にされるのですか」

陸ノ介は悲しげに澪に微笑んだ。

「帝は十七になられたばかりだろう。錦旗も朝敵も、ご自身でお決めになったはずがないではないか」

「ですが京都守護職の容保様のことは覚えておいででしょう」

「もうな、そういうことになったのだ」

澪がぼんやり見返すと、陸ノ介はなだめるように澪の頭に手を置いた。

「きっと兄上がなんとかなさる。そのために触頭もお引き受けになったのだから」

「どういうことでございますの」

「兄上は今やすべて、容保と定敬を救うために動いておられる。兄上ならばきっと成し遂げなさる」

それをしっかり見届けて来ると陸ノ介は言った。

「旦那様は高須へお帰りになるのですか」

とつぜん加祢が口をきいた。目は閉じたまま、布団の中から手を出そうとしている。

「ああ、そうだ。よく分かったな、加祢」

「お羨ましゅうございます。加祢ももう一度、高須を見てみとうございました」

「このいくさが収まったらな、必ず連れて行ってやるぞ」

陸ノ介は加祢の手をしっかりと握りしめた。


座敷で耳を澄ませていると隼人の大股の足音が聞こえてきた。

勢いよく障子が開き、隼人はまっすぐにこちらを見た。

「東海道を来たか」

「はい。重畳にございます。今、城下へ入られましたぞ」

うなずいて慶勝は立ち上がった。

慶勝はこのときを待っていた。東征大総督の西郷が東海道を行くか、中山道にするか。もしも中山道を行ってしまえば、慶勝は東征軍には思いの半分も伝えることができないところだった。

大きく開いた大手門を西郷が馬に乗って入って来た。後ろには洋装の兵たちが隊を組んで従っている。

式台で出迎えた慶勝に、西郷は軽く会釈して馬を降りた。

「二人だけで話したいことがある」

「承ってございます」

ほのかに沈丁花《じんちょうげ》の香が漂い、慶勝たちはそれに誘われるように庭へ回った。

深い壕が巡らされ、築山《つきやま》の向こうにも広大な庭が広がっている。池にも川にも水鳥が満ちている。

「それがし、会津へ参ることになりました」

水鳥に目をやりながら西郷が言った。

容保は慶喜から江戸城登城を禁じられ、会津へ帰っていた。そして会津若松の鶴ヶ城に籠もり、今は堅固な籠城の構えでいる。

このまま会津が城を開かなければ、新政府とはいくさになる。

「会津を救うてやってくれぬか、西郷」

西郷は応えずに庭を歩いて行く。

「容保がよりにもよって朝敵とは、もはやこの世から信義は失せたか」

「会津は長州征討の折、藩主父子を後ろ手に縛って頭を下げさせております。やはり長州が許しますまい」

なにより、と西郷がこちらを振り向いた。

「錦の御旗を偽旗じゃと申されました。引き倒して裂いてしまえと激昂なされた由。それにひきかえ慶喜公は、病で何もしておられなかった。会津が勝手に為したことでございましょう」

「京へ上れと命じたのも容保だと申すのか。大将が後の始末もつけず、無理やり従わせた会津と桑名に責めを負わすのか」

「仰せの通りでございます。もう、そのようなことに決しました」

帝自らが征伐するという親征の詔《みことのり》が下され、東海道と東山道、北陸道からそれぞれに新政府軍が江戸へ向かっている。

慶勝は唇を嚙みしめた。東征軍が江戸へ上る道には、家康が要衝に置いた譜代の大名たちがいる。京でのいくさに勝ったからといって、新政府軍があっさり街道を東下できるとは限らない。だから御三家筆頭の尾張から添え状が出されることは、新政府にとってはなによりの護符となる。

「触頭の御役、下りてもよいのだぞ」

本心だった。

幕府が支配していたときなら、慶勝が命に背けば藩士たちまでが咎められた。だが今の世は、慶勝が新政府に逆らっても藩士たちに累は及ばない。

「西郷ならば分かるであろう。私は尾張を残そうなどとは毫も思うておらぬ。だが会津を攻めると申すならば、あらんかぎりの手向かいはする」

新政府が作るという新しい世には家も身分もない。それなら慶勝は真っ先に、弟のために家など捨てる。

「西郷が会津を開城させると誓《ちこ》うてくれるなら、私は新政府のために誠心誠意、力を尽くす。私とて新しい世は必要だと思っている」

だがだからといって古い世のつけを会津に負わせるのは間違っている。あれほど孝明帝を慕い、懸命に働いた容保を逆賊などと呼ばせて、誰が自分だけ新しい世を見たいなどと思うものか。

「それがしが会津を開城させると申して、慶勝公はその言葉を信じてくださるのですか」

「言葉だけでよい。西郷が申してくれるなら、私は真をもって触頭を務めよう」

小川で水鳥たちがゆったりと羽を休めている。

慶勝たちが守るべきは高須だけのはずだった。彼の地の三川を治め、水鳥たちに穏やかな暮らしを願ってやればそれでよかった。

あの水辺の鳥は慶勝たちだ。幕府や開国や、そんな奔流にもまれずに兄弟が静かに暮らしていくことができれば慶勝は満足だ。

「水辺の鳥は、水辺で暮らす」

「ご兄弟皆が、左様お考えだと仰せになりますか」

「ああ。幕府が無用ならば、徳川も無用。もう我らは存分に働いたではないか」

西郷も鳥たちに目をやっていた。鷺や鴨やせきれいが、なんとも仕合わせそうに餌を探している。

「ならば慶勝公。前にいただいた信認の脇差、それがしは今一度いただいて参ることにいたします」

西郷を振り向くと、力強い一本眉が優しげに垂れていた。

「必ずや鶴ヶ城を開かせます。それがしは、容保公をふたたび慶勝公のもとへお連れいたします」

慶勝は目頭を押さえた。

やはり鶴ヶ城は籠城するだろう。容保は朝敵と呼ばれ、それでも生きようとしてくれるだろうか。

西郷は名古屋城を出て江戸へ向かった。その馬上の姿を、慶勝は大手門に立っていつまでも見送った。

三

鶴ヶ城が長い籠城戦の末に開城したと伝えられたのは上野の木々が紅葉し始めたときだった。ちょうどその同じ頃、澪は兄の隼人から迎えをもらい、東京と名を変えた江戸へ戻って来た。陸ノ介は容保や定敬とともに会津へ渡ったきり、ずっと行方知れずのままだった。

どうにも籠城が続けられなくなり、容保は城兵たちの助命のために投降したが、そのなかに定敬と陸ノ介の姿はなかったという。旧幕軍のいくらかは軍艦で箱館の五稜郭に渡ったというので、定敬たちはそちらへ行ったのだと言われていた。

五稜郭は幕府が建造した最初で最後の西洋式城郭で、五つの角をもつ五芒星のような形をしているという。鶴ヶ城どころの守りではない難攻不落の城だから、これからも旧幕軍の抵抗は続く。そうとなれば陸ノ介が澪のところへ戻って来るのはまだまだ先だ。

澪は千代田の御城を幾度も見上げながら鳥取藩邸への道を歩いていた。江戸城の主だった慶喜は寛永寺へ移って謹慎を続け、新政府に無血開城したあとは水戸へ退隠した。今あの城には京から移られた帝が暮らしておられる。

このところの澪はあの城が美しさを増したような気がしていた。そしてそのたびに、江戸を守ったのは徳川宗家のあの城だったのではないかと考えるようになった。

江戸城を無血で開城するためにどんな話がされたのか、もちろん澪は知る由もない。将軍家の膝元でともかくは豊かに暮らしてきた町の者や、徳川の家臣として居丈高に振る舞ってきた侍たち、そんな人々で満ちた日本一の町を薩長はどれほど憎んできただろう。ひと思いに焼いてしまえと考えた新政府の者もきっと多かったに違いない。

だがここには女も子供もいる。いくさになればその大半は死ぬし、新政府軍も無傷では済まない。できればいくさにしたくないというのは双方の願いだったかもしれない。

――でも。

いつまた力を取り戻すかも分からない旧幕府に、ここ数年だけでも深く積もってしまった消えることのない憎悪。明日のことを考えれば、江戸の町など潰されてしまってもおかしくはなかったのだ。

——だがお前さんたちが作ろうとしているのは新しい国なんだろう？　古い因習に満ちた京から、帝をお移ししたいと考えているんだろう？

旧幕府の誰かがきっとそんなふうに囁いたのに違いない。一千年も京におわした帝を新しくお迎えできるとすれば、あの白い大きな御城だけなのだ。

——江戸が焼け野原になれば、新政府はまずはお救い小屋と宿所を建てることから始めなければならないぜ。どう考えたって江戸城とたくさんの大名屋敷、そのまま丸ごと使ったほうが得策だろう。

飄々と、ぬけぬけと、二百六十年の旧幕府は赤子のような新政府にそううそぶいたのではないだろうか。

外国の脅威が迫るこれからの世に、帝を京のような小さな町の、壕の一つもない御所の中に留めておけるはずがない。だが江戸城ならば、ちょっとやそっとでは外国の大砲も届かぬ幅広の壕がある。

だから江戸をいくさから守ったのはあの城だ。そしてどうにも邪魔な旧幕府の侍たちを、容保に抱かせて会津の地まで追い払ったのだ。

だとすればこの江戸の盾になったのは容保だ。容保は見事に、保科公が命じた徳川宗家の守りを果たして会津へ帰ったのだ。

「何が楽しい、澪」

前を行く兄がふいに振り返った。澪はどうやら少し微笑んでいたようだ。

「きっと難しいお話だぞ。心せよ」

澪は口許を引きしめてうなずいた。

今、鳥取藩邸には容保が会津から移されて永預けになっている。今日は格別の計らいで、澪は会津でのことを聞くために対面を許されたのだ。

「お許しくださいませ。上様の御城を眺めておりました」

「もはや宗家の御城ではないぞ」

兄はつとめて平静に歩いて行く。

「ご謹慎の身ゆえ、慶勝様も遠慮しておられたのだ。それを容保様がわざわざ池田公に願い出てくださったというのだからな」

陸ノ介の行方について、容保は何か知っているのかもしれない。

「容保様は新政府に刃向かった罪人じゃ。だが誰もそのようなことを思うてはおらぬ」

ただ会津とのいくさでは命を落とした兵も多く、容保に同情する向きを新政府は警戒している。

「会津は幕府のつけを肩代わりさせられたようなものでございますね」

加祢が生きていれば、きっぱりとそう言ったはずだ。

「まあ、慶喜様は水戸にお帰りになられてよかったのだ」

兄はどこか清々したように言った。最後の将軍としてはあまりにあっけない幕切れだった。

容保は痩せていたが、窶れているようには見えなかった。慶勝が上座に座り、容保は一段下りたところですっと背を伸ばしていた。

襖絵に描かれた白い鷺が、澪には慶勝のように思えた。じっと佇んで何ごとかを考え続けている、昔から慶勝は鷺のような人だった。

澪が入ると容保は深々と頭を下げた。澪は緊張で口を開くことができず、ただこのときほど容保と陸ノ介が似ていると思ったこともなかった。

「まずは澪に、顚末を話してやれ」

澪はただぼんやりと顔を上げただけだった。

会津でいくさが始まったのは夏の終わり、短い秋がいっきに過ぎていくときだった。

はじめは鶴ヶ城から外へ討って出ていた家士たちもすぐに閉じ込められるようになって、あとは毎日、一方的に砲弾を浴びせられていたという。

「鶴ヶ城にいたのは男ばかりではありませんでした。まだいとけない子も、女も、少しでも役に立とうと思う者は城に籠もり、足手まといになると考えた年寄りは、いくさの前に自刃して果てました」

兵糧米を減らすだけだと見定めた年配の者は城下で戦い、それに家士も加わったが、先鋒は次々に殲滅《せんめつ》した。

「会津が朝敵なものかと、それがしは最後の最後までそれだけは譲らぬつもりでおりました。それが覆るまでは、決して城は開かぬと」

「だが女子供を抱き込んでの籠城ほど荷が重いものもあるまい」

慶勝がぽつりと言った。容保はこの細い体に会津の皆の命を預けられていたのだ。

鶴ヶ城はすぐ怪我人で溢れかえった。血と死の臭い、人の焼け爛《ただ》れた腐臭が満ち、呻き声が襖を揺らすほどに膨らんだ。

やがて兵糧も底を突き、自刃する負傷者が後を絶たなくなった。冬に向かうというのに病が次から次へと起こり、もちろん薬も医者も不足していた。

「澪殿。お許しください」

容保が澪の目の前で手をついて頭を下げた。

「陸兄上はお腹を召されました。鶴ヶ城が開城できたのは兄上のおかげでございます」

突然、澪の周囲のすべてから色が抜けていった。急に音が消えて、いやにはっきりと容保の顔だけが見えた。

容保が懐紙に包んだ髪の一房を取り出した。澪は呆然とその包みを見下ろした。

「九月二十一日でした」

澪は首をかしげながら目を上げた。きっかり一月前だ。

「鶴ヶ城を開く、前の日か」

「左様でございます」

慶勝は膝に拳を置き、じっと目を閉じていた。

「もはや籠城は一日も続けられぬ有様でした。家士たちは皆、私と同じ心でございました。もう何もやり残してはおらぬ、先に逝った皆にも堂々と顔向けができる、と」

藩祖、保科正之にも孝明帝にも。会津や京や大坂で、新しい世を見ることもなく死んでしまった藩士たちにも。生きながらえた容保たちは、もうこれで恥じることなく皆に会うことができる。

「私が開城を決めたとき、陸兄上は喜んでくださいました。城を開き、真の朝敵の顔を見てやるがよいと仰せになりました」

なにより城を開けば、次の会津を支える幼子たちを生かしてやることができる。

「私一人の命で開城できるならば、易いことだと思いました」

城門に降参の二文字を掲げ、新政府の使者を城へ入れた。容保は大広間で彼らに会い、会津は城を開くと言ってやった。陸ノ介がずっと容保の傍らに座り、黙って寄り添ってくれた。

「西郷は間に合わなかったのか」

「入ってまいったのは長州の者でございました。会津は三方の街道を塞がれ、いちばん城下に近い口におったのが長州でございました」

慶勝が額を押さえた。長州は会津に格別の恨みがある。

「ひとたび城を開くと決めると、もはやそこにしか光明を見出せなくなりました。あとは一刻も早く皆のために開城したい。ですが……」

長州の使者たちは会津の犯した罪を数え上げた。毛利家の父子を後ろ手に縛って引き据えたこと。長州を朝敵と呼んだこと。

「会津の町を焼き、新たな朝敵に仕立ててもまだ足りぬと申したか」

「足りぬことが一つだけあると申しました」

容保が大坂城で錦旗を偽物と決めつけ、裂いてしまえと言ったこと。

――偽旗などに怯むな。奪い取って、裂いてしまえ！

容保はあのときたしかにそう言った。

「会津藩主こそ、まさしく逆賊じゃと申しおりました」

その罪を償わぬかぎり、会津の開城は認められぬと使者は言い放った。

もう城内の誰も、立ち上がる気力すら持ち合わせていなかった。虚ろな目で城の門が開かれるのを待っている女子供の目の前で、またいくさは再開されるのか。

「私に、錦旗に詫びよと申しました。朝敵とさえ認めればすぐ開城させてやると」

ついに容保は堪えきれず、座を立ってしまった。

――会津が逆賊などと、どの口が申す。

そう浴びせかけたとき、使者の顔はすっと青ざめた。

「いくさはやり直しじゃと大声を張り上げておりました。会津を逆賊呼ばわりし続けるあいだは、会津は決して城を開かぬと。そのほうの素っ首、槍に刺して降参の文字の上に掲げてやると喚きました」

容保は襖を蹴破って座敷を出、隣室に肘をついて転がった。

使者にしても九分通り開城と決まった鶴ヶ城へ来て、己の不手際でいくさが再開となれば咎めを受ける。

――ですが、錦旗を裂けと仰せになったことばかりは不問にできませぬ。

訥々とした使者の長州訛りが壁越しに聞こえてくる。

やがてそれよりも小さな陸ノ介の声がどうにか聞き取れた。

――あれは容保が申したのではない。私が申したことじゃ。伝令は皆まで聞かずに飛び出したゆえ、誤って伝わったのであろう。

それは真かと、使者がおずおずと問い返している。

――真も真。それゆえ尾張の徳川慶勝の弟が、その責めを負う。不足があれば、あとはわが兄に問うがよい。

そのとき容保はすっと胸が軽くなった。

己にはまだ兄がいる。慶勝に任せておけば、あとのことは兄がなんとかしてくれる。

「会津に戻って初めて、私は安堵の息をついておりました。そうであった、私にはまだ慶兄上がおられたと」

容保は熱くなる目を閉じて、ほんのわずかのあいだ、はるかな尾張に思いを馳せた。三川の豊かな流れ、水鳥が美しく羽を広げるさま。ここを出れば真っ先にあの鳥たちを見に行こうと、容保は夢のように思い描いた。

あっと使者が息を呑んだのも、耳に入ってきたのは一呼吸おいてからだった。

ただならぬ気配に、容保はあわてて立ち上がった。

隣室に取って返すと、使者たちが腰を抜かしてへたり込んでいた。その向こうに丸い影が静かにうつ伏せ、夕映えのような紅が容保の目を射た。

——兄上……。

使者たちを押しのけて容保は丸い影に飛びついた。兄の体からは鮮血が迸り、脇差を握りしめた指はどれほど力をこめてもほどけない。

陸ノ介の体は温かかった。まだ息がある、まだゆっくりと息をしている。柔らかなこの瞼は、ただ閉じられているだけだ。優しげな口許はすぐに動いて、容保の名を呼んでくれる。

——兄上、陸兄上！

抱き起こしても陸ノ介は眉ひとつ動かさなかった。青ざめた頬から徐々にこわばりが消え、口許は満足げに笑みを浮かべていく。

それなのに容保がいくら叫んでも陸ノ介は応えない。

ここまで堪えたのではないか。もう少し堪えてみよ。せめてもう一度、兄上にお目にかかるまでは。

陸ノ介が静かにそう語りかけてきた。

諦めるな。我らには兄上がおられるではないか——

陸ノ介の唇は固く引き結ばれていた。だが容保には陸ノ介の声がはっきりと聞こえる。かつて誰かに指図したことなどない、その陸ノ介が会津の地で初めて容保に命じてきた。

決して諦めるな。兄上に伺《うかご》うてみるがいい。帝と宗家、ともに守ったのはお前ではないか——

「陸兄上には介錯も不要でした。この腕の中で、陸兄上はすっと冷たくなってゆかれました」

容保はそう言うと、大切そうに己の胸で手を重ねた。陸ノ介の体を今ここで抱いているかのようだった。

そのとき澪の目には鮮やかなせきれいが大きく羽ばたくのが見えた。加茂川で休んでいた水鳥たちがいっせいに舞い上がる羽音が、どこからか聞こえてきた。

第八章　水辺の春

明治十一年（一八七八）、定敬が鹿児島から帰ったと聞いた慶勝は、弟たちを本所の自邸に招いた。

慶勝は五十五歳になり、徳川の宗族長を務めていた。維新のとき徳川家の総代役だった茂徳は四十八に、容保も四十四になっていた。

「濬はなにか不足しておることはないか」

テーブルにつくとき慶勝が尋ねると、濬は朗らかに首を振った。

「容保は斗南《となみ》にも行っておったろう。どのような土地であった」

「私など、よい時節に一月ほど預けられただけでした。皆の苦労は察して余りありました」

鶴ヶ城が開城した明くる年、会津は石高を二十三万石から三万石に減らされて陸奥《むつ》国で存続を許された。その年生まれたばかりだった容保の子が新藩主となり、満足に米も実らぬ厳寒の地へ二万人近い家士たちが移ったのである。

「ですが陸奥国という名は良うございました。私は陸兄上の国へ参るのだと言い聞かせて、己を奮い立たせておりました」

その斗南も廃藩置県があって、今では会津との縁も切れている。

「高須は維新どころではなかったのだぞ。大水ばかりでな」

茂徳はそう言って慶勝と笑い合った。それぞれに領国の煩いがあったことも今ははるかな昔だ。

「維新のあと、いちばん自由に生きたといえば定敬だな」

茂徳が笑って顎をしゃくった。

定敬は戊辰戦争では五稜郭に籠もってまで戦い、半年余りの攻防を経て榎本が降伏すると、寸前で脱出して船に乗った。上海を目指したが、路銀が尽きて横浜に舞い戻ったのだ。

「此奴がとつぜん屋敷に現れたときは度肝を抜かれたぞ」

慶勝が茶化すと、皆が声を上げて笑った。

昨年、鹿児島では西南戦争が起こり、定敬は旧桑名の家士を募って政府の征討軍に加わった。

「私は御一新には若すぎて、十分な戦いもできずに歯痒うございました。少しはいくさも知りましたが、なかなか陸兄上のように生きるわけにはまいりませんな」

定敬は豪快に椅子にもたれ込んだ。平民になろうとして政府に願い出たこともあったが、結局は許されなかったという。

「定敬は陸ノ介に憧れて身分を捨てようとしたか」

「はい。華族などと、真っ平でございます」

「私は従一位だぞ」

慶勝が言って、弟たちはそれぞれに吹き出した。

澪も明るく笑っている。

「澪は陸ノ介の代わりだ。こうして皆が揃ったのは十二年ぶりだな」

「もうそれほどになりますか。前はいつでございましたでしょう」

「忘れたか。二度目の長州征討の折ではないか。そなたが総督になると申して、往生したものじゃ」

慶勝の言葉に、茂徳はしまったとばかりに額を叩いた。明るい笑い声が波のように座敷に広がっていく。

「そういえば、あのときは容保も定敬も京におりましたな」

それぞれが京都守護職などを務め、陸ノ介も慶勝のそばにいた。

あれから茂徳は高須を守り、後には一橋家へ入って江戸へ移った。容保と定敬は京から大坂、江戸、会津と転戦し、二人が赦免されてからはまだ六年ほどだ。

赦免されてすぐ定敬は許嫁の初子と結婚したが、その時分にはもう陸ノ介のことは公の場では誰も話さなくなっていた。朝敵の汚名を着せられた会津の罪を、陸ノ介は見事に一人で背負いきって逝ったのである。

「しかし陸兄上はなにゆえ他家へ出られなかったのでございましょう。今となっては大名など、数百年も続いたのが奇妙でなりませんが」

定敬はまだ少年のように、潔く旅立った陸ノ介に憧れをこめて言った。茂徳がそっと慶勝を顧みたが、もう理由を知るのも二人だけになってしまった。

「どうだ、皆で庭に出ようか」

慶勝は今日の記念に写真を撮ろうと思っていた。

広大な庭には園池があり、誰からともなくその水辺へ近づいていった。

「澪は陸ノ介から理由を聞いていたか」

「いいえ。お尋ねしたこともございませんでした」

「そうか。陸ノ介らしいことだな」

茂徳は黙って水辺の鷺を見ていた。陸ノ介が生まれるとき慶勝は八つだったので事のあらましを覚えているが、茂徳にはあとから周囲に聞かされた記憶しか残っていないだろう。

「もとは大したことではなかったのだが、陸ノ介の母君も言い訳などなさらぬ、潔い御方であったゆえな」

陸ノ介の母は正芳院といい、陸ノ介を身ごもってすぐ、江戸で大火に遭った。

当時、正芳院は法眼坂の抱え屋敷にいたが、義建は火が出たと聞いて正芳院を角筈《つのはず》の下屋敷へ避難させた。懐妊中に火を見るのは腹の子に障るという迷信があるが、義建は闇雲にそれを信じるほど正芳院を大切にしていたのである。

だがごった返す町の中で正芳院たちはすぐ方角を見失い、そのまま五日も行方が知れなくなった。

目指していた角筈のほうが火に先回りされ、いっときは死んだのではないかとまで言われた。

実際に供の幾人かは火に呑まれ、正芳院の駕籠も火事場で焼けて見つかったのだ。

「正芳院様の行列は火にちぎられるようにして散り散りになったそうでな。ただ一人無事だった供が正芳院様をお連れして、町中を離れた己の生家に匿《かくも》うておったのだ」

橋という橋が落ち、火はくすぶり続け、どこに道があるかも区別がつかなくなっていた。供は正芳院だけを田舎家に置いて知らせに戻るわけにもいかず、五日後にようやく町が落ち着きはじめて屋敷へ戻ることができた。

するとこ今度は、五日も二人で何をしていたと噂が出た。

その家士と正芳院は元来が幼馴染みだったのだが、もちろんそんなものは生き残った者へのやっかみにすぎない。義建は怪しみもせず、その家士に褒美まで取らせたが、噂はしぶとくくすぶり続けた。

「家士は、そのあとすぐ腹を切った」

まだ町のあちこちに酷い骸《むくろ》が転がっているときだった。人の心が常とちがって荒《すさ》んでいたのが、そんな棘《とげ》を生んだのだろう。

だがそのせいで陸ノ介は義建の子かどうかと疑われることになった。

義建と正芳院はそんな陸ノ介が哀れで、どこへも養子にはやらぬと決めた。どんなところで噂を蒸し返されるか分からない、そんな愚かなことに陸ノ介を関わらせたくなかったのだ。

「それで陸ノ介様は、兄上様が自分を弟として遇してくださることをあれほど喜んでおられたのですね」

澪がそっと目尻を拭った。

「陸ノ介を弟ではないと疑ったことなど、ただの一度もなかったぞ」

「私もです、兄上」

慶勝に茂徳も声を重ねた。

静かに聞いていた定敬が、水辺に近づいてこちらを振り返った。

「兄上、この水鳥たちは飼《こ》うておられるのですか」

池から流れ出る川辺に、鴨やせきれいがいる。白と灰褐色の鷺はつがいで、丸一日でも動かぬときがある。

「作庭ではな、池に水鳥があれば、家主は安楽だと申すのだ」

「ほう、左様でございますか。兄上のような御方でも、家の安寧を望まれるのですね」

「うるさい。なんと言われようと、好きなものは好きだ」

そう言いながら澪に目をやると、目尻を下げてうなずいてきた。いつだったか慶勝は、京へ来た陸ノ介と澪を迎えに出て、そんな仕合わせに満ちた澪の言葉を真似たことがある。

茂徳が手庇をたてて、ぐるりと水面を見渡した。

「高須が水ばかりのせいか、私は水鳥が好きでございます。我らは水鳥のようなものだと、よう思うたものでございました」

「ああ、たしかに。茂兄上は上手いことを申されますね」

定敬が屈託なく笑って白鷺に指をさした。

「ならば慶兄上はあれですね。ほら、いつもすっくと立って、ほかの鳥たちが忙しがっているのを呆れて見下ろしている」

「黙って見守っておられると申せばどうだ」

茂徳が笑ってたしなめた。

「ならば私はどれだ？」

「茂兄上は、そうだなあ。丸々とした鴨ですかな。浮かんでいてくれるだけで皆の心が和みます」

「兄上が白鷺で、私は鴨か。ひどい言い草だな。ならばお前は鳶じゃ。あっちへこっちへ、くるくると落ち着かぬ奴じゃ」

「ひどいなあ、鳶は水鳥じゃありませんよ」

「そうでもないぞ。ここにもよう来ておる」

慶勝が笑うと、定敬はむくれて腕組みをした。

「ならば容兄上は何ですか」

容保がそっと慶勝のほうへ首を傾けた。

「容保は雁《かり》だな。いちばん高く、遠くへ行く。のどかな春を贅沢がって、生き辛い冬の国を求める」

あの美しい京でも、容保は春を見る余裕などなかっただろう。

いやそうではない。容保は内裏の中で、余人は夢にも思わぬ天上の春を見たのだ。

「では陸兄上は何でございましょう」

容保が慶勝に尋ねた。

茂徳と定敬が笑みを浮かべて慶勝を見守っている。

「陸ノ介はな、せきれいであろう。加茂川でも、どれほど美しい声でさえずっておったことか」

だがふいに羽を広げて、どこかへ行ってしまう。

「せきれいはな、容保。どこへ行ったかと案じても必ず戻って来てくれる。必ずだぞ」

陸ノ介はいつもずっと慶勝のそばにいてくれた。だからきっと今も、そうなのだろう。

澪が頰を拭ってうなずいた。

「皆様それぞれに、あざやかに飛び立たれたのですね」

五人の上に広がる空は、京で見た美しい水辺の色をしていた。

本書は書き下ろしです。原稿枚数五三〇枚（四〇〇字詰め）。

〈著者紹介〉
村木 嵐　1967年京都市生まれ。京都大学法学部卒業。会社勤務等を経て、95年より司馬遼太郎家の家事手伝いとなる。司馬遼太郎氏の没後、夫人である福田みどり氏の個人秘書を19年間務める。2010年『マルガリータ』で第17回松本清張賞を受賞し、作家デビュー。

GENTOSHA

せきれいの詩《うた》
2020年6月25日　第1刷発行

著　者　村木 嵐
発行人　見城 徹
編集人　森下康樹
編集者　壺井 円

発行所　株式会社 幻冬舎
〒151-0051 東京都渋谷区千駄ヶ谷4-9-7

電話:03(5411)6211(編集)
03(5411)6222(営業)
振替:00120-8-767643
印刷・製本所:錦明印刷株式会社

ISBN978-4-344-03634-5　C0093
幻冬舎ホームページアドレス　https://www.gentosha.co.jp/

この本に関するご意見・ご感想をメールでお寄せいただく場合は、
comment@gentosha.co.jpまで。